Lotte Ingrisch

DIE SCHÖNE MÖRDERIN

Lotte Ingrisch

DIE SCHÖNE MÖRDERIN

Kriminalroman

Edition S
Verlag Österreich

1. Auflage 1994

Umschlaggestaltung: Atelier Schiefer, Wien
Satz: SDV, Spielberg
Druck und Bindearbeit: Österreichische Staatsdruckerei
ISBN 3-7046-0521-2

DER ERSTE FALL

Eines Tages merkte ich plötzlich, daß ich verzaubert bin. Der Zeitpunkt war völlig unpassend. Denn ich hatte soeben meinen ersten Fall übernommen. Ich, Floralind Lerner, zweiundzwanzig, Privatdetektivin. Die Familie und meine Freunde nennen mich Flo. Ich meine, so nannten sie mich, bevor sie sich gegenseitig ausgerottet haben. Ich habe mir die ganze Geschichte in einem Buch vom Herzen geschrieben, das DIE PESTSÄULE heißt. Wer will, kann es ja lesen.

Ich schaute gerade aus dem vergitterten Fenster meiner Wohnung in der Nikolaigasse, gleich hinterm Stephansturm. Sie ist, für mich allein, viel zu groß. Eine Herrschaftswohnung von früher. Aber es gibt schon lang keine Herrschaften mehr. Die einst weißen Flügeltüren sind grau, und von den hohen Wänden blättert der Kalk. Daß es auch bei Tag finster ist, stört mich nicht. Mein Gemüt ist zur Zeit auch schattig.

Die Gitter sind wegen Rawuzl da, damit er keiner Taube nachspringt und sich sein kleines Genick auf dem Pflaster bricht. Rawuzl ist ein schwarzer Kater mit einer weißen Schneeflocke auf der Brust und, seit der Tragödie, mein einziger Freund.

Im Licht der Laternen sah ich Seeräuber, Harlekine und schuppige Nixen durch die Grünangerstraße schleichen. Mich macht der heurige Karneval direkt trübsinnig. Aber selbst wenn jemand mich zum Opernball einladen würde, ich ginge nicht hin. Denn ich bin erstens in Trauer und kann zweitens nicht tanzen. Trotzdem ...

Das Klingeln an der Tür war direkt eine Erlösung. Aber so spät? Ein Blick durch das Guckloch zeigte mir einen jungen

Mann mit strohblondem Igelkopf. Das Gesicht darunter ist nicht stachelig sondern sanft, mit grauen, schüchternen Augen hinter der Goldrandbrille. Mörder und Einbrecher, so vermute ich wenigstens, sehen anders aus.
Als ich die Tür schwungvoll öffne, passiert es wieder einmal. Rawuzl springt mit einem Satz vom Schrank und ist gleich darauf im Stiegenhaus verschwunden. So kam es, daß unsere Bekanntschaft ungewöhnlich begann. Denn beide jagten wir stumm diesem Mistvieh treppauf und treppab nach, bis wir es endlich am Kellereingang erwischten.
„Ich habe", und er lächelte ein bißchen, „auch eine Katze." Seine Stimme ist leise. Und auch blond, irgendwie. Den Rest des Weges legten wir zwei wieder schweigend zurück. Nur Rawuzl versuchte, mir aufgeregt etwas zu erzählen. Vielleicht, was er von meinem Besucher hält?
„Alexander", sagte er, als wir im Vorzimmer standen. „Vor- oder Familienname?" Er seufzte kaum hörbar. „Ist ja egal." „Aber Schauspieler sind Sie keiner?" „Nein, Sekretär. Bei einem Rechtsanwalt. Eigentlich studiere ich noch." „Jus?" Er schüttelte den Kopf. „Physik", sagte er, und es klang geradezu andächtig.
Er ist einen guten Kopf größer als ich und scheint zwei linke Hände zu haben, aus denen er hintereinander einen grauen Wollschal und zwei graue Wollhandschuhe verlor. Beim Aufheben entschuldigte er sich jedes Mal. Nur den schon schäbigen schwarzen Mantel schaffte er ohne Zwischenfall. Ich nahm ihn ihm sicherheitshalber ab.
Da ich nicht annahm, daß sein Besuch privater Natur war, führte ich ihn in Papas einstiges Arbeitszimmer mit dem riesigen lederbespannten Schreibtisch, dem Computer, den ich nicht bedienen kann, und der Gipsbüste Richard Wagners. Letzten Sommer habe ich ein Schild an der Tür ange-

bracht: DETEKTEI LUNA. Alexander war der erste, der es bewundern konnte. Ich weiß nicht, ob er es tat.
Der blaue Fauteuil schien gut zu seinen Haaren zu passen, also komplimentierte ich ihn hinein. Eine Minute Schweigen kann ziemlich lang dauern. Ich schaute wieder aus dem Fenster. Diesmal ging ein Herr im Stadtpelz mit roter Papiernase vorbei. Ich griff mir an meine eigene und war nicht mehr sicher, ob es meine eigene war. Am Ende sind wir alle verkleidet und halten die Maske für unser Gesicht?
„Eine Klientin von uns“, sagte Alexander, „ist heute ganz plötzlich verstorben. Herzschlag.“ „Ja?“ Ich wartete. „Der Arzt war nicht überrascht. Sie war schon seit längerer Zeit bei ihm in Behandlung. Vielleicht haben Sie sie gekannt? Eine kleine grauhaarige Dame, die immer Turbane trug. In ihrer Jugend waren sie wohl modern.“
„Meistens giftgrüne?“ Er nickte, ohne zu lächeln. „Sie wohnte in diesem Häuserblock. Immer schon, aber sie war einmal, sagt man, eine Schönheit. Tingeltangel-Tänzerin in der ‚Koralle‘. Dort hat sie auch ihren Mann kennengelernt.“
Ich erinnere mich ganz deutlich an sie. Stechende schwarze Augen. Dünne Beine. Wir waren einander so oft begegnet, daß ich sie schon grüßte. Als sie nicht darauf reagierte, ließ ich es wieder sein. Komisch, sie war immer allein. Nein, gar nicht komisch. Die meisten alten Frauen sind das.
„Er war Maler. Und nicht sehr erfolgreich, damals. Heute hängen seine Bilder in Paris und New York. Sie wurde sein Modell.“ Ich muß ihn wohl sehr erstaunt angeschaut haben, denn er lachte und hatte in der linken Wange zwei Grübchen. Grübchen hätte ich nicht erwartet. „Sie sah aus wie die Bugfigur auf einem Schiff. Üppig. Vollbusig ...“ Gequält blickte ich an mir selbst herab. „Warum erzählen Sie mir das alles?“

„Weil", sagte er, „sie ihr Testament ändern wollte. Morgen um zehn. Sie rief heute nachmittag an. Ich war am Telefon. Sie klang völlig normal. Sogar erleichtert, irgendwie. Sie hätte, sagte sie, beinahe einen Fehler gemacht." „Das sagte sie Ihnen?" „Sie war meine Tante. Mehr als meine Tante, eigentlich. Und diesen Job habe ich nur durch sie."
„Sie glauben, es war kein natürlicher Tod?" „Ich weiß es nicht", sagte er. „Aber Sie wollen es wissen?"
Er streichelte Rawuzl, der ihm auf den Schoß gesprungen war. Schon deshalb fand ich ihn nett. Sehr nett sogar. Und Rawuzl schnurrte. „Natürlich konnte ich nicht alle Fälle aufklären", sagte ich. „Aber ..." Das Pech der Tizianroten! Ich spürte, wie ich bis zu den Haarwurzeln erglühte. „Sie sind der erste", stammelte ich. „Und ich würde mir große Mühe geben."
Jetzt wurde er auch verlegen. „Ich dachte, Sie würden nicht teuer sein", sagte er. „Einen richtigen Detektiv könnte ich mir nicht leisten."
Ich riß den schnurrenden Kater von seinem Schoß. „Wenn Sie mich für keinen richtigen Detektiv halten, warum kommen Sie dann?" „Ich war", sagte er, „ein Schüler Ihres Vaters."
Lieber Papa! Du hast mir immer geholfen, auch jetzt. Ich möchte lachen und weinen zugleich. „Haben Sie Prüfungen bei ihm abgelegt?" „Zuerst schon. Aber dann war er auf einmal verschwunden." Also von mir erfährt er bestimmt nicht, wohin! „Ich schreibe meine Dissertation. Das Thema ist noch von ihm." „Wasser? Papa erforschte die Fähigkeit des Wassers, Information weiterzuleiten." „Nein", sagte er. „Nicht Wasser. Die Zeit. Obwohl sie vielleicht etwas Ähnliches ist."
Bestimmt lasse ich mich auf keine Diskussion ein! Ich liebe Papa, obwohl er verrückt ist. Aber ich kann nicht alle Ver-

rückten lieben. Er nahm seine Brille ab und putzte sie. Er hat ja noch Kinderaugen! „Wer“, fragte ich, „ist jetzt der Erbe?“

Ein Schatten kroch wie eine schwarze Schnecke über sein Gesicht. „Ich müßte ihm dankbar sein“, stammelte er. „Schapira ist der wunderbarste, großzügigste ...“ Er verstummte unglücklich und legte seine dünne Goldbrille auf Papas grünen Schreibtisch.

„D e r Schapira?“ Schließlich lese ich Zeitungen und weiß, daß er als Scheidungsanwalt einen zweifelhaften Ruf genießt, daß die Damen ihn unwiderstehlich finden, und daß er unter gewissen Umständen nicht abgeneigt ist, die von ihm Geschiedenen persönlich zu trösten.

„Nichts von dem, was über ihn geredet wird, stimmt. Gar nichts!“ In seinem Eifer reißt er eine pfauenblaue Quaste von meinem Fauteuil. Er scheint es nicht einmal zu bemerken. „Also verdächtigen Sie ihn nicht?“ „Ich verdächtige überhaupt niemanden“, und schuldbewußt ließ er den Kopf hängen.

Ein nicht unerwarteter Herztod. Kein Verdacht. Warum kam er zu mir? Ich fragte ihn das. „Weil ich“, sagte er, „einen Schrei gehört habe. Heute abend, ich kam gerade von der Kanzlei. Zuerst dachte ich mir nichts dabei. Ich wollte eigentlich ins Kino gehen. Erst, als ich schon in den Tuchlauben war, kehrte ich um.“ „Sie sind hinauf in die Wohnung gegangen?“ „Natürlich. Tante Liz lag vor ihrem Schreibtisch. Ich sah sofort ... Und da rief ich den Arzt an. Er wollte gerade ausgehen. War schon für den Ball angezogen.“ „Und in Eile?“ „Ich weiß nicht, wie lang so etwas sonst dauert. Er meinte, ich könnte sie über Nacht in der Wohnung lassen.“ „Sie ist noch dort?“ Er nickte bedrückt. Ich überlegte. „Ließen sie von der Hausbesorgerin aufsperren?“ „Nein, ich habe selbst einen Schlüssel.“ „Wer noch,

außer Ihnen?" „Nur die Kanzlei, für alle Fälle. Sie war äußerst mißtrauisch." „Wieso hatten Sie die Schlüssel bei sich?" „Ich trage sie", sagte er, „immer bei mir."
Zwei Fragen noch, und auf beide bekam ich keine Antwort. War Schapira bereits informiert? „Er spielte heute nachmittag Tennis mit ..." Er biß sich schnell auf die Lippen. „Einer frisch Geschiedenen?" Sein Sekretär zuckte die Achseln. „Wußte man in der Kanzlei, wer der neue Erbe sein sollte?" „Ich jedenfalls weiß es nicht." „Sie sind der Neffe. Gibt es andere Verwandte?" „Nein", sagte er.
Ziemlich plötzlich stand er auf und schickte sich an zu gehen. Spätestens jetzt hätte ich von Geld reden müssen. Wenigstens von ein bißchen Geld. Stattdessen fragte ich: „Sascha oder Alex?" „Atti". Er lächelte dankbar und gab mir, statt der Hand, einen Schlüsselbund. „Blutgasse 13, Mezzanin. Passen Sie auf, daß niemand Sie sieht."
Atti. Das klang eigentlich hübsch. „Sie kommen nicht mit?" „Lieber nicht. Ich hab außerdem noch was vor. Sagen wir, in einer Stunde? Im ‚Grünen Anker'." „Gut, Atti." „Bis dann, Flo!" Ach so, meinen Namen kannte er von Papa. Aber lief nicht im Kino der Film, den er sehen wollte?
In der Tür drehte er sich noch einmal um. Und obwohl er schon wieder lächelte, sah er aus, als würde er gleich zu weinen beginnen. Wie konnte ich ihm da auch noch komische Fragen stellen? Nur in Kriminalromanen ist derjenige, der den Detektiv beauftragt, der Verdächtige Nummer eins. Und Rawuzl, ein zweifellos besserer Menschenkenner als ich, hat geschnurrt. Erleichtert strich ich ihm über das Fell. Aus purer Zerstreutheit stellte ich mich dann vor den Spiegel. Stupsnase, grüne Augen. Das ging ja noch an. Nur das spitz gewordene Gesicht paßte nicht ganz dazu. Auch das übrige, es sei denn, jemand schwärmt für Knabenfiguren.

Jemand? Ich werde mich doch nicht aus purer Dankbarkeit in meinen ersten Klienten verlieben! Mich verzaubert kein Mann, und auch keine Hexe. Höchstens ich selbst. Flo Lerner, und noch immer zweiundzwanzig. Aber wer bin ich wirklich? Doch nicht diese Fremde im Spiegel, obwohl ich mich fast schon an sie gewöhnt habe. Das war ein Fehler. Man soll sich nicht an sich selber gewöhnen, weil man dann niemand anderer sein kann. Niemand und nichts anderes mehr. Der endgültige Zauber.

Rawuzl reißt mich aus meinen Gedanken. Er hat die Goldbrille auf dem Schreibtisch entdeckt und schiebt sie begeistert zwischen seinen Pfötchen hin und her. Wie einen Talisman setze ich sie mir auf die Nase. Die Welt schaut nicht wesentlich anders aus. Ich ziehe meinen lila Kapuzenmantel vom letzten Ausverkauf an und mache mich auf den Weg.

DIE DAME MIT DEM GRÜNEN TURBAN

Das enge Haus in der Blutgasse ist eine Dame. Komisch, für mich haben Häuser fast immer ein Geschlecht. Auch einen Charakter. Dieser ist mißtrauisch, abweisend und von einem trüben Geheimnis vergiftet.

Eigentlich möchte ich das Haustor lieber nicht aufsperren. Aber wenn ich kein Risiko eingehen will, sollte ich Postbeamtin werden. Ein Leben hinter dem Schalter kann bestimmt nett sein.

Wie ein Dieb schleiche ich im Dunkeln die enge, gewundene Treppe hinauf. Hat Atti mir den Namen seiner toten Tante genannt? Aber im Mezzanin gibt es sowieso nur eine einzige Tür. Mit dem dritten Streichholz entdecke ich das altmodische Emailschild. „Alice Harper“.

Natürlich kenne ich Bilder von Harper! Düstere Landschaften, die zum Selbstmord einladen. Und unter melancholischen Bäumen sitzt oder liegt eine nackte Frau, die sich mit ihrem Liebhaber vergnügt. Neben einer meisterlichen Technik ist es wohl dieser aufreizende Kontrast, der ihn berühmt gemacht hat. Gab es nicht irgendwann einen Skandal? Auch wenn man jung ist, scheint das Gedächtnis ein Lotteriespiel zu sein.

Ich mache Licht in der Wohnung. So viele Zimmer, und alle ganz klein. Wie die Zellen in Klöstern oder Gefängnissen. Die Turbane! Weinrot, regengrau, lehmfarben. Und einer aus schwarzem Samt, offenbar für die ernsteren Anlässe gedacht. Nur der giftgrüne fehlt.

Nein, doch nicht. Er liegt auf dem Boden. Obwohl dieser Raum größer als die anderen ist, strahlt er Trübsal und Traurigkeit aus. Ein Zimmer in Trauer, sogar die Möbel sind schwarz. Auch der Schreibtisch. Papiere und ein offenes Buch: „Körpersprache oder wie man sich durch Bewegung verrät“. Sonderbare Lektüre. Alice Harper selbst bewegte sich wie eine Assel.

Es kostet mich eine gewisse Überwindung, sie anzuschauen. Neben dem giftgrünen Turban, vor dem schwarzen Schreibtisch, in der Mitte des Zimmers. Als hätte eine Axt sie gefällt. Und dann fiel Schnee auf sie und deckte sie zu. Kein Schnee, natürlich nicht. Ein weißes Laken.

Ich ziehe es langsam weg. Ein schmächtiger kleiner Körper, der seine Sprache verloren hat. Keine Bewegung wird mehr verraten, was für ein Mensch Alice Harper war. Ihr Gesicht

ist von blankem Entsetzen verzerrt, der dünnlippige Mund geöffnet wie zu einem Schrei.
Rasch decke ich sie wieder zu. Beweis für Gewalt ist es trotzdem keiner. Die meisten Menschen erschrecken vor dem Tod. Auch, wenn es ein natürlicher ist.
Klar weiß ich, wie man eine Wohnung durchsucht. Ich habe nur keine Ahnung, wonach? Von den schwarzen Schnürschuhen, grauen Strümpfen, trostlos braunen Kleidern und flaschengrünen Jacken bis zur silbernen Zuckerdose lasse ich nichts aus. Im Schrank, hinter der vergilbten Bettwäsche, spüre ich etwas Hartes. Ein Revolver? Ganz vorsichtig hole ich ihn heraus. Nein, sowas! Eine Flasche Cognac, fast leer. Nicht französisch, ein billiger Weinbrand. Warum versteckt sie ihn, wenn sie allein lebt?
In dem Moment bleibt mein Herz stehen. Zwar nur kurz, aber mein ganzer Körper erschrickt. Und erst, als das Herz schon wieder schlägt, registriert der Verstand: Die Wohnungstür schnappte leise, ganz leise ins Schloß.
Es ist wahr, daß ich nicht sofort zur Tür rannte. Man kann Angst kriegen wie Schnupfen, und gegen den gibt es auch noch kein Mittel. Schnupfen dauert eine Woche, aber ich öffnete schon nach zwei Minuten die Tür. Trotzdem zu spät. Das ganze Stiegenhaus ist dunkel wie eine Gruft. Noch immer. Wer sich also fortschlich, muß gute Augen haben. Oder sich jedenfalls besser hier auskennen als ich.

Das Fenster! Ich stürze hin und reiße es auf. Jemand wird, jemand muß gleich aus dem Haus kommen. Ich beuge mich so weit hinaus, daß ich fast die Balance verliere. Doch die Gasse bleibt leer. Auch keine Schritte. Nichts. Und gerade diese Stille ist es, die mir immer unheimlicher wird. Nichts wie fort! Ich habe nicht einmal einen Auftrag. Oder vielleicht schon, aber der Auftraggeber ist selbst mysteriös.

Womöglich sehe ich ihn nie wieder. Warum sticht mich eine Nadel ins Herz?
Aus purer Gewissenhaftigkeit räume ich den Schreibtisch aus. Ich schaue nicht einmal an, was ich in meine Handtasche stopfe. Denn ich habe beide Augen fest zugepreßt. Müßte ich einen zweiten Blick auf die Leiche werfen - ich glaube, ich würde glatt ohnmächtig. Die Totenmasken, die ich kenne, lächeln. Alle! Ich versuche, mir die Unbekannte aus der Seine vorzustellen... Zum Glück kann ich kleine Taschen nicht leiden, so geht immerhin eine ganze Menge hinein.
Fertig oder nicht! Ich halte es keine Sekunde länger aus. Diesmal knipse ich das Licht im Stiegenhaus an. Warum wollte Atti nicht, daß jemand mich sieht? Ich habe die Dame mit dem grünen Turban nicht umgebracht!
Wieso bin ich auf einmal so sicher, daß es Mord war? Schließlich stellte der Arzt Herzschlag fest. Der giftgrüne Turban auf dem Fußboden. Ich weiß nicht, warum er mich irritiert. Und sie hatte noch ihren Mantel an. Grauer Persianer. Alle Knöpfe offen, natürlich, sie wurde ja untersucht. Trotzdem. Das vierte Zimmer hinter der Tür. Sie mußte also durch drei gehen, und warum legte sie nicht schon an der Garderobe ab?
Die Stunde ist noch nicht um. Trotzdem gehe ich schon in den ‚Grünen Anker' hinein. Ich brauche dringend etwas zu trinken. Schade. Es ist nicht mehr der leise, weißhaarige Herr Glück, der an meinen Tisch tritt. Ein Tisch, an dem schon Schubert und Grillparzer saßen. Dafür gibt es jetzt Kerzen und eine französische Karte. Nein, essen möchte ich nichts. Nur roten Landwein. Das erste Glas trinke ich in einem Zug aus.
Ich bin der einzige Gast. Also packe ich meine Schätze aus. Ein blaues Schulheft, wie merkwürdig. „Alexander Har-

per“, steht wackelig auf dem Schildchen. Sascha oder Alex ...? Eigentlich rührend. Er war doch nur der Neffe. Ich blättere in den alten Seiten. Burgen, Prinzessinnen, Drachen. Ungeschickt mit Buntstiften gekritzelt, die Prinzessin hat grüne Haare und einen roten Regenschirm in der Hand. Wahrscheinlich, damit ihre Krone nicht naß wird. Dazwischen windschiefe Buchstaben. „A,A,A - der Winter, der ist da! Herbst und Sommer sind vergangen ...“
Ich schaue auf die Uhr. Die Stunde ist schon vorbei. Ein Bündel Fotografien in rosa Seidenpapier. Ich berühre sie nur mit den Fingerspitzen.
Ein junges Mädchen, das schöne ernste Gesicht von dunklen Locken umrahmt. Dann ein Hochzeitsbild, die Braut ganz in Weiß. Wie ein Lächeln das Gesicht verändern kann! Schön ist es immer noch, vielleicht sogar noch schöner. Aber etwas stimmt nicht mit dem Lächeln. Es reicht nicht bis zu den Augen, die glänzen wie Eis. Die des Bräutigams sind leuchtend und groß. Ein Kind unterm Christbaum, denke ich, bevor die Nadeln abfallen. Und die Geschenke sind noch nicht ausgepackt. Womöglich sind es die falschen? Er ist größer als sie, doch kaum älter. Zwei Kinder. Aber eines ist schon erwachsen.
Ein Kind. Nackt. Eindeutig männlich. Ich gehöre nicht zu denen, die Babies, nur weil sie welche sind, süß finden. Ich betrachte die nächste Fotografie. Vermutlich dasselbe Baby, aber schon keines mehr. Ein Mann hält es auf dem Arm. Der helle Haarwirbel über der Fontanelle verdeckt die untere Hälfte seines Gesichts. Gehört es dem einstigen Bräutigam? Die Augen sind zusammengekniffen, so sehe ich nicht, ob sie noch leuchten. Vater und Sohn, von der Mama fotographiert ...
Das letzte Bild zeigt eine Dame in Trauer. Ein schwarzer Schleier verhüllt ihren Kopf. Was er nicht verhüllen kann,

ist eine makellos geschwungene Figur. Das Begräbnis, von wem immer, fand offenbar an einem heißen Sommertag statt, an dem man so wenig wie möglich anziehen will.
Ein blaßblaues Kuvert. Als ich es öffne, fällt eine kupferbraune Locke heraus. Ich zucke zusammen, als wäre sie etwas Lebendiges. Eine Locke des Toten? Abgeschnitten, als seine Augen schon zugedrückt waren.
Wo Atti nur bleibt? Ich tröste mich mit einem weiteren Glas Wein. Die Augen des Kellners sind ungeduldig. Ich glaube, man will bald zusperren. Bin ich wirklich der letzte Gast? Da sind noch Briefe, vielleicht ein Dutzend, zusammengehalten von einem roten Gummiband.
Der Kellner stellt den ersten Stuhl auf den Tisch. Ich zahle.
Der Stephansturm strahlt im schwarzen Nachthimmel wie die Spitze eines Sterns.

DER VERSCHWUNDENE KLIENT

Die Nacht war lang. Zeit genug jedenfalls, die Briefe zu lesen. Ich weiß nicht, warum ich es nicht tat. Taktgefühl? Kaum. Als Handarbeitslehrerin kann man vielleicht Taktgefühl haben. Oder als Koch diskret sein. Für einen Privatdetektiv gibt es nichts Privates.
Die Wahrheit ist, daß diese Briefe mir Angst machen. Keine Ahnung, warum. Steile, dunkelgraue Schrift auf grauem Büttenpapier. Etwas Bedrohliches geht von ihr aus. Als kämen auf einem bleiernen Himmel schwarze Gewitterwolken auf mich zu.
Ein Glück, daß Rawuzl bei mir ist. So eine kleine Katze putzt die trübste Seele blank. Um zwei Uhr früh gibt es eine

Extraportion Rinderherz. Um zwei Uhr früh fängt die wirkliche Geisterstunde an, und sie dauert bis vier. Aber als Rawuzl auf mein Bett springt und mir das Gesicht putzt, schlafe ich ein.

Ich träume von meinem verschwundenen Klienten. Aber im Traum sind wir verheiratet und haben ein Kind. Ein Mädchen mit blonden Zöpfen. Im Augarten spielt es mit uns Ball. Kirschrotes Samtkleid, weiße Söckchen. Unser Kind! Sowas Verrücktes.

Ich schlage das Telefonbuch auf und suche Schapiras Kanzlei. Singerstraße, das Haus mit den steinernen Karyatiden. Knapp fünf Minuten von hier. Ich dusche, und dann stehe ich eine Ewigkeit vor dem Kleiderschrank.

Passiert mir sonst nie, ich bin wirklich nicht eitel. Als müßte ich es sofort beweisen, ziehe ich meine alten Jeans von gestern an und den taubenblauen Pullover. Ich stecke nur die goldgeränderte Brille ein. Meine Beute aus der Blutgasse lasse ich da.

Auf mein Klingeln öffnet eine Weißhaarige mit sanften braunen Augen und der mächtigen Figur eines Ringers. „Sind Sie angemeldet?" Ein überraschend schwarzer Baß. „Nein, ich möchte nur eine Brille abgeben." „Was für eine Brille?" „Einer Ihrer Herren hat sie bei mir vergessen." Während sie mich noch verständnislos anstarrt, geht eine Tür auf und Doktor Schapiras Löwenkopf wird für einen Augenblick sichtbar. „Der Akt Bartram", donnert er. „Wo ist der Akt Bartram?"

Das weißhaarige Fräulein mit der Ringerfigur läuft untertänig hinter ihm her. Gut, ich kann warten. Unaufgefordert versinke ich in einem der Lederfauteuils und schaue mich vorsichtig um. An einem der Garderobenhaken könnte schließlich ein schwarzer Mantel hängen, ein schäbiger schwarzer Mantel. Warum ich jetzt Herzklopfen kriege,

weiß ich nicht. Alle Haken sind leer, und außer ein paar Stapeln illustrierter Zeitschriften ist auch sonst nichts zu entdecken.
Ich fahre zusammen, als ich plötzlich zwei auf mich gerichtete Augen spüre. „Ja?" Dr. Schapiras Löwenkopf sitzt auf einem eher schmächtigen Körper. „Ja bitte?" fragt er noch einmal, jetzt schon etwas gereizt.
Ergeben die Schritte bis zur Tür eine gerade Zahl, sage ich ihm die Wahrheit. Wenn nicht... sechseinhalb. Wieso habe ich Angst um Atti?
„Floralind Lerner", und ich mache eine völlig unpassende Verbeugung. „Ich habe eine Privatdetektei." Er schaut mich an, als hätte ich mich soeben zum Besitz einer Giraffe bekannt. Dann lacht er dröhnend. „Entschuldigen Sie", keucht er. „Nehmen Sie es ruhig als Kompliment!" Statt mir die Hand zu geben, tätschelt er meine Schulter, während er mich in sein Büro schubst. Es ist ganz offenkundig, daß er Rothaarige mag.
In seinem Büro ist alles zu groß. Trotz seines Löwenkopfs wirkt er direkt verloren. „Also", sagt er und deutet auf einen äußerst unbequemen Stuhl aus Kuhfell und Chrom. „Sie möchten Aufträge, stimmt's?"
Nein, ganz und gar nicht. Obwohl ich schon welche brauchen könnte. „Wieso", frage ich vorsichtig. „Hätten Sie welche zu vergeben?" „Kommt ganz darauf an." Er schaut mich eigentümlich an. „Wie Sie vielleicht wissen, bin ich auf Scheidungen spezialisiert. Obwohl ich auch noch andere Klienten habe." Er lehnt sich in seinem teuren schwarzen Chefsessel zurück.
„Ich komme wegen Alice Harper", sage ich und beobachte seine graubraunen Augen. Sie verändern sich nicht. „Was will sie schon wieder? Und warum kommt sie nicht selbst?" Das Telefon klingelt. Ärgerlich hebt er ab. „Während der

nächsten fünf Minuten keine Gespräche durchstellen!" Viel Zeit habe ich also nicht.
„Ihr Sekretär", sage ich, „war bei mir." Seine Augen, jetzt verändern sie sich doch. So scharf, als wäre ich ein Falke am Himmel, schaut er mich an. „Alexander? Aber was wollte er denn von Ihnen?"
Am liebsten möchte ich aufspringen und tanzen. Wahrscheinlich nur die Nerven. Es gibt ihn also! Gibt ihn hier, in dieser Kanzlei, und der Name, den er mir genannt hat, stimmt auch. Nicht einmal mir selbst gestand ich meine nächtlichen Zweifel ein. „Er hat mir", bekenne ich zögernd, denn schaden will ich ihm auf gar keinen Fall, „von Alice Harper erzählt."
„Ach so!" Doktor Schapira seufzt. „Armer Bub. Guter, armer Bub." „Wieso", frage ich mit einem Stich im Herzen, „ist er arm?" Schapira tippt sich nur an die Stirn. „Aber nichts Ernstes", korrigiert er sich schnell. „Bloß ..." Er verstummt und trommelt mit seinen beringten Fingern nachdenklich auf den Tisch.
„Sie heißen auch Alexander", sage ich. Er leugnet es nicht. „Seine Mutter hat ihn nach mir benannt." Er zuckt die Achseln und starrt mit Märtyrermiene auf den Plafond. „Warum?" Offenbar hab ich zu leise gesprochen, denn ich muß meine Frage wiederholen. „Sie hält mich", sagt er freudlos, „für seinen Vater."
Ich schlucke zweimal. „Er ist also Alice Harpers Sohn?" „Das weiß außer ihr selbst keiner." Plötzlich reißt er die Augen auf und betrachtet mich überrascht. „Warum erzähle ich Ihnen das alles? Ich habe heute noch fünf Termine." Er schüttelt den Kopf. „Tizianrot", sagt er und steht auf. „Bei Tizianrot bin ich wehrlos."
Ich lasse mich ungern zur Tür drängen. „Er hat seine Brille bei mir vergessen. Ist er da?" „Er sollte eigentlich da sein.

Wie es scheint, ist er noch nicht gekommen."
Wenn er Alice Harper umgebracht hat, begehe ich jetzt einen Fehler. Wieso eigentlich? Und ganz gewiß ist Atti kein Mörder. Aber irgendetwas muß passiert sein...
„Alice Harper ist tot." Und dann, zwischen Tür und Angel, erzähle ich alles. Ich lasse nichts aus. Mit steinerner Miene hört Schapira mir zu.

DER FALL NIMMT EINE WENDUNG

Zwei Tage später sitze ich an Papas Schreibtisch und zeichne Gänseblümchen auf weißes Papier. Dutzende Gänseblümchen. Rawuzl sitzt in den Blumen und schaut mir interessiert zu. Aber eigentlich will ich mir Notizen machen. Eine Chronik der Ereignisse.

Faschingsdienstag

Am späten Abend sucht Atti mich auf und bittet mich, den Tod seiner Tante Alice Harper zu untersuchen. Er hat einen Schrei gehört, lief von der Straße in ihre Wohnung und fand sie tot vor ihrem Schreibtisch liegen. Am nächsten Vormittag wollte sie bei Doktor Schapira, dessen Sekretär Atti ist, ihr Testament ändern. Atti rief ihren Arzt, der in Eile war. Er stellte Herzschlag fest. Mit Attis Schlüsseln ging ich in die Wohnung und fand die Tote, wie von ihm beschrieben, vor. Sie hatte noch ihren Mantel an, ihr grüner Turban lag auf dem Boden. Ich nahm Briefe und Fotografien aus ihrem Schreibtisch an mich. Dann wartete ich, wie vereinbart, im ‚Grünen Anker' auf Atti, der jedoch bis zur Sperrstunde nicht kam.

Aschermittwoch

Gleich am Morgen begab ich mich in Dr. Schapiras Kanzlei. Atti war auch dort nicht erschienen. Schapira deutete an, Alice Harper wäre vielleicht Attis Mutter. Jedenfalls hielte sie ihn, Schapira, für Attis Vater. Ich erstattete einen vollständigen Bericht. Schapira überprüfte ihn, ließ Alice Harper zur Untersuchung ins Gerichtsmedizinische Institut bringen und beauftragte mich, Atti zu suchen. Ich gebe zu, daß ich ihm diesen Auftrag nahelegte. Da er eine harmlose Erklärung für das Verschwinden seines Sekretärs für möglich hielt und einen unnötigen Skandal tunlichst vermeiden wollte, mußte ich ihm versprechen, mit meiner Arbeit erst heute nachmittag zu beginnen.

Donnerstag

Das Gerichtsmedizinische Institut bestätigte, daß Alice Harpers Tod durch Herzversagen eintrat. Außer Atti, der offiziell als Neffe gilt, konnten bisher keine Verwandten festgestellt werden. Auch scheint Alice Harper außer zu ihm und Schapira keinerlei persönliche Kontakte gepflegt zu haben. Der Bekannten- und Freundeskreis Attis ist Schapira, so behauptet er, unbekannt. In seiner Wohnung wurde das Telefon weder gestern, noch heute abgehoben. Die Kanzlei verfügt über keine Schlüssel, doch ist die Adresse bekannt: Gaußplatz 11.
Es ist jetzt Punkt 13 Uhr. Der Nachmittag hat begonnen.

Ohne eine einzige Minute zu verlieren, stürme ich aus dem Haus ...

FRÜHLINGSANFANG

Was ich in den letzten drei Wochen erlebt habe, ist unglaublich. So unglaublich, daß sogar ich selbst mich weigere... Jedenfalls werde ich alles genauso aufschreiben, wie es geschah. Ich muß es tun, um nicht verrückt zu werden. Aber vielleicht bin ich es schon?

Gaußplatz 11, das war die Adresse. Ein Taxi kam sowieso nicht in Frage. Und statt die U-Bahn zu nehmen, entschloß ich mich zu einem Spaziergang. Ich wollte Attis Weg nachvollziehen, Schritt für Schritt.

Jedenfalls stand ich eine gute Viertelstunde später am Gaußplatz, nach dem berühmten Mathematiker, Physiker und Astronomen benannt. Ich erinnere mich, daß Papa ihn besonders geschätzt hat. Da war irgendetwas über den Tod, das Gauß im vorigen Jahrhundert sagte. Papa hat es immer wieder zitiert. Kann es mich so erschreckt haben, daß ich es vollständig vergaß?
Der Gaußplatz verbindet und trennt zwei Bezirke, den zweiten und zwanzigsten. Zu jedem von ihnen gehört ein winziger Park. Aber nur im Zwanzigsten stehen hohe alte Akazienbäume vor den Häusern herum. Genau genommen, vor einem einzigen Haus.
Attis Nummer elf.
Im letzten Stock drücke ich auf die Klingel von Tür 21. Alles bleibt still, wie erwartet. Totenstill. Klar, ich könnte die Hausmeisterin suchen und sie bitten aufzusperren.

Wahrscheinlich hat sie sowieso keine Schlüssel. Es gibt auch noch die Polizei. Schapira hat bisher keine Abgängigkeitsanzeige erstattet.
Ich war fest entschlossen, weder Haarnadeln noch einen Sperrhaken zu benützen. Warum ich beides trotzdem in die Handtasche steckte, weiß ich eigentlich nicht. Fragt sich, ob ein Privatdetektiv überhaupt logisch sein soll! Logik schränkt schließlich enorm ein. Unser Denken und unser Handeln. Ich bleibe viel lieber frei.
Leider kann ich mich nicht erinnern, ob Sperrhaken oder Haarnadeln die Tür öffneten. Oder ob sie vielleicht gar von selbst aufging. Das Merkwürdige ist, ich kann mich an gar nichts erinnern, als ich wie ein Jogger durch den Augarten renne. Ich weiß nicht einmal, ob schon die Kastanien über mir blühen. Als wäre ich mit Blindheit geschlagen, obwohl ich den Kiesweg vor mir deutlich erkenne. Ich kann auch nicht denken. Jemand hat den Schalter in meinem Kopf ausgedreht. War ich das selbst?
Irgendwie landete ich wieder in meiner Wohnung in der Nikolaigasse und ging sofort ins Bett. Auf die Uhr schaute ich nicht. Die Wände, die Möbel - alles schien in einer grauen Dämmerung zu verschwimmen. War die Zeit schnell vergangen! Es widerstrebte mir, Licht zu machen. Rawuzl bekam keine Milch. Ich wollte nur schlafen, schlafen.
Als ich aufwachte, roch es nach Frühling, und irgendwo sang eine Amsel. Rawuzl lag, wie immer, in meinem Arm. Ich streichelte seinen schwarzen Kopf, und er schnurrte. Als er die Augen aufschlug, pfauchte er mich an. Ich war so verblüfft, daß ich sofort aufstand.
Schuldbewußt machte ich ihm sein Frühstück zurecht. Er grollte mir wohl wegen gestern. Aber angepfaucht hatte er mich nie zuvor.

Das Telefon klingelte, und ich hob ab. Schapira war am Apparat. „Nun?“ fragte er. Da erst fiel mir der gestrige Nachmittag wieder ein. So plötzlich, daß ich zu zittern begann. Ich stand wieder vor Attis Tür am Gaußplatz, hantierte mit dem Schloß – und dann, ohne Übergang, jagte ich durch den Augarten. „Was ist los, sind Sie noch dran?“ Schapiras Stimme klang ärgerlich. Leise, ganz leise legte ich den Hörer auf die Gabel.

Eine heiße Dusche ist gut für die Nerven. Eine kalte auch. Ich gönnte mir beide, während das Telefon klingelte und klingelte. Dann hörte das Klingeln auf, und ich trank eine Menge Kaffee. Denn ich mußte über einiges nachdenken. Soviel ich weiß, bin ich gesund. Mein Verstand macht keine Pausen, und in meinem Gedächtnis gab es bisher noch nie Löcher. Ich bin ängstlich, aber couragiert. Und umgekehrt. Wie vermutlich jeder. Zur Hysterie neige ich nicht. Was also ist gestern passiert? Mir fehlen mindestens drei Stunden. Vielleicht sogar fünf. Ein Sack voller Ereignisse, und ich hab ihn verloren.

Wenn ich meinen Beruf weiter ausüben will, darf es niemand erfahren. Diesmal riskiere ich ein Taxi und lasse es an der Ecke warten. Gaußplatz 11 ist nicht in Flammen aufgegangen, und kein Ungeheuer lauert vor Attis Tür. Sie ist wieder verschlossen und bleibt es, trotz Läutens und Klopfens. Fast erleichtert, steige ich ins Taxi.

Daheim rufe ich Schapira sofort an. Es ist mir lieber, er sieht mich jetzt nicht. „Ich glaube, mein Apparat war gestört“, sage ich. „Jetzt funktioniert er wieder.“ Ich grinse, als mir die doppelte Bedeutung aufgeht. Nein, dieser Apparat funktioniert noch nicht.

Es ist eine Schande, ich weiß. Aber ich erfinde einfach einen Bericht, demnach ich mich den ganzen Nachmittag ergebnislos in der Gegend herumtrieb. Also nicht ganz

ergebnislos, da Schapiras Stimme sich dem Gefrierpunkt nähert. Da war eine junge schwarzhaarige Person, die das Haus zu beobachten schien. Wahrscheinlich weiblich, obwohl man das heute nicht mehr so genau bestimmen kann. Schwarze Kappe. Schwarzer, eng taillierter Mantel. Die Hosen auch schwarz. Weißer Seidenschal. Oje, das paßt nicht zum Frühling. Doch Schapira störte das viele Schwarz nicht. „Und?“ fragt er und wartet. „Sie verschwand im Augarten. Ich lief ihr nach. Aber ...“ „Schon gut“, tröstet er mich. „Bleiben Sie dran. Sagen wir, fünfhundert Schilling pro Tag? Spesen extra.“
Das ist sicher verflixt wenig. Aber mir kommt es vor wie himmlisches Manna. Und ich hätte Atti auch umsonst gesucht. Ganz umsonst.

DIE ERSTE WOCHE

Was am Tag nach Aschermittwoch passiert ist, hab ich erzählt. Oder vielmehr nicht erzählt, da die Stunden in Attis Wohnung - oder wo immer - in meiner Erinnerung gelöscht sind.
Das war Donnerstag. Am Freitag, nach meinem Telefongespräch mit Schapira, wußte ich einfach nicht, was ich mit mir selbst anfangen sollte. Den Gaußplatz zum dritten Mal aufsuchen? Obwohl er ein freundlicher Platz ist, schauderte es mich bei der bloßen Vorstellung. Also beschloß ich, endlich die gestohlenen Briefe zu lesen. Obwohl Alice Harper kein Fall war, nicht mehr.
Sieben Briefe. Zögernd, ja widerwillig strich ich den ersten glatt. Und war direkt erleichtert, als Rawuzl von der Gips-

büste Richard Wagners sprang und sich mitten auf den Brief setzte. „Pfui“, sagte ich automatisch, und er pfauchte schon wieder. Als ich ihm vorwurfsvoll in die Augen schaute, erschrak ich. Sein rechtes Auge war bernsteinfarben, wie immer. Aber das linke grün!
Hätte ich aus meinem Fenster auf den Picadilly Circus geschaut, ich hätte kaum verstörter gewesen sein können. Ändert die Farbe eines Auges sich über Nacht? Und während ich den kleinen Kater fassungslos anstarrte, fiel mir auf, daß sein Näschen breiter war und die weiße Schneeflocke auf seiner Brust größer. Nur geringfügig, und ohne das grüne Auge hätte ich das alles gewiß nicht bemerkt. Auch nicht die angstvolle Feindseligkeit seines Blicks.
Und jetzt bekam ich auch Angst. Verrückt, nicht? Als man ihn ertränken wollte, hatte ich ihn gerettet und mit dem Milchflascherl großgezogen. Und mit sehr viel Liebe. Und jetzt fürchtete ich mich auf einmal vor ihm?
Fürchtete mich so, daß ich Mantel und Handtasche schnappte und einfach davonlief. Es ist einerseits angenehm und andererseits scheußlich, in einer großen Stadt ganz allein zu sein. Wer meine Geschichte in der ‚Pestsäule’ gelesen hat, weiß, warum und wird verstehen, daß ich zur nächstbesten Adresse lief. Oder zur nächstschlechtesten, das weiß ich noch nicht.
Doktor Schapira empfing mich beinahe sofort. „Na, na“, sagte er nur, als ich auf der Stelle in Tränen ausbrach. Diesmal saß ich nicht auf dem Chrom-Kuhfell-Stuhl, sondern direkt neben ihm auf einer Bank aus weißem Nappaleder, und er legte beschwichtigend seinen Arm um meine Schultern. „Na, na. Erzählen Sie, Kindchen!“
Und ich erzählte. Erzählte alles. „Glauben Sie, ich werde verrückt?“ „Aber nein“, und er tätschelte meinen Arm. „Die Nerven spielen einem manchmal solche Streiche.

Nehmen Sie es nicht zu ernst." Er sagte mir nicht, wie ich es sonst nehmen soll. „Wenn Sie wollen, ich kenne da einen sehr netten Psychiater ..." Nein, wollte ich nicht. „Weiß man schon", fragte ich stattdessen, „wer erbt?"
„Ja", sagte er, „und das war eine ziemliche Überraschung. Atti und ich. Zu gleichen Teilen."
Da Alice Harper das Testament nicht mehr ändern konnte, dürfte es eigentlich keine Überraschung sein. Aber das sagte ich nicht. „Viel?" Doktor Schapira zuckte lächelnd die runden Schultern. „Eine Menge."
Nein, er hatte nicht ein grünes und ein goldenes Auge. Trotzdem wollte ich nichts wie weg! „Heute abend in der ‚Eden-Bar'", fragte er, „hätten Sie Lust?"
„Nein", stammelte ich, „mein Bräutigam ..." Er konnte nicht wissen, daß ich gar keinen habe. Aber sein Lächeln gefror. „Also gut", murmelte er, „ein anderes Mal." Und dann, überhaupt nicht gemurmelt: „Sie erstatten mir weiter Bericht!"
„Natürlich", bestätigte ich und war, schon wieder, auf der Flucht. Doktor Duda fiel mir ein, der liebe Polizeikommissar. Ohne ihn hätte ich das Abenteuer ‚Pestsäule' kaum überlebt. Vielleicht hätte ich mich anmelden sollen. Aber die Polizeidirektion ist ziemlich nahe, und ich ging einfach los.
Es war ein Schock, als hinter seinem Schreibtisch ein fremder Mann saß. Denn natürlich dachte ich an den Kater mit den zweierlei Augen. Hatte auch Duda sich verändert? Vielleicht war der sehr nette Psychiater doch keine schlechte Idee?
„Kennen Sie mich noch?" fragte ich vorsichtig. Ich konnte schließlich nicht wissen, ob er es war oder nicht. „Nein, leider ..." Der Fremde stand höflich auf. „Ich bin Hanno Lenz, Gruppeninspektor der Kriminalpolizei." „Oh ..."

Und ich war wirklich erleichtert. „Ich heiße Floralind Lerner“, und ich schüttelte ihm dankbar die Hand. „Privatdetektivin. Früher saß Oberrat Duda auf Ihrem Platz.“
Er nickte und lächelte mit den Augen. Sie waren beide blau wie ein Sommerhimmel. „Duda ließ sich beurlauben.“ „Ist er krank?“ „Wie man es nimmt“, und jetzt lächelte er auch mit dem Mund. „Auf Hochzeitsreise in Australien.“ Doch nicht am Ende Papa auf der Spur? „Seine Frau züchtet dort Schafe.“ Er mißdeutete mein besorgtes Gesicht. „Sie haben wohl einen Freund verloren?“ Ich nickte. „Duda hat mir immer geholfen.“ „Da ich ihn vertrete“, und er zwinkerte mir vergnügt zu, „könnte ich es auch probieren. Was meinen Sie?“ „Ja bitte“, sagte ich nur.
So kam es, daß ich meine Geschichte heute schon zum zweiten Mal erzählte. Das erste Mal war wohl ein Fehler. Jedenfalls bot Gruppeninspektor Lenz mir weder einen Psychiater noch einen Besuch in der ‚Eden-Bar‘ an. „Wir werden die Briefe gemeinsam lesen“, meinte er. „Bei der Gelegenheit schaue ich auch gleich Ihrem Kater in die Augen. Nach der Dienstzeit, denn noch ist es kein Fall. Wo ist sie denn, Ihre Detektei Luna?“
Ich gab ihm meine Adresse. Er begleitete mich zur Tür. Er ist, stellte ich fest, einen guten Kopf größer als ich. Schlank wie Atti, aber nicht blond. Kastanienhaare. Ich verzichtete auf den Paternoster und lief beschwingt alle Treppen hinunter.
Ein paar Stunden später tranken wir grünen Tee. Der blaue Fauteuil paßte auch zu seinen Haaren. „Schildern Sie mir“, sagte er, „noch einmal den ersten Abend. Den Abend, an dem alles begann. Was taten Sie, als Alexander Harper kam?“ „Ich schaute aus dem Fenster.“ „Gut. Und was sahen Sie?“ „Masken. Verkleidete Leute, die auf Bälle gingen. Es war ja Fasching.“

Inspektor Lenz nickte. Dann schwieg er eine ganze Weile. „Alice Harper, sagten Sie, hatte ein schwaches Herz?" „Sagte ich, ja. Es war ein natürlicher Tod." Im gleichen Augenblick wußte ich, was er meinte, und daß es kein natürlicher Tod war.

„Es gibt Masken, die können einem schon Angst machen." „O ja", bestätigte ich. „Besonders, wenn man eine einsame alte Frau ist." Fabelhaft, wie wir einander verstanden! Als könnte jeder die Gedanken des anderen lesen. „Die Kanzlei hatte Schlüssel. Und Ihr Atti. Sonst niemand?" „Nein, aber wäre er dann zu mir gekommen? Ich meine, Atti." Lenz zuckte die Achseln. „In vielen Fällen engagiert der Mörder den Detektiv. Das ist geradezu klassisch. Noch dazu ..." Er verbarg sein Grinsen in der Teetasse. „Noch dazu handelt es sich um einen noch nicht sehr erfahrenen Detektiv." Ich mußte ihm beweisen, daß er sich irrte. Unter allen Umständen! „Aber er ist doch verschwunden!" „Eben", sagte der Inspektor. „Obwohl das natürlich auch bedeuten kann ..." Schnell unterbrach ich ihn. Ich wollte nicht, daß er es ausspricht. „Sie war noch im Mantel. Ihr Turban lag auf dem Boden." Er wußte gleich, wovon ich sprach. „Einer von beiden saß hinter dem Schreibtisch. Er riskierte nichts. Wenn sie den Schock überlebte, spazierte er einfach mit seiner Maske hinaus. Was er auf jeden Fall tat, und er fiel keinem auf. Niemand hat sein Gesicht gesehen." „Sie war gerade nach Hause gekommen. Warum zog sie ihren Mantel nicht im Vorzimmer aus?" „Vielleicht hörte sie ein Geräusch. Oder vielleicht ... Wir werden es wohl nie erfahren", sagte er.

Rawuzl sprang mir auf die Schulter. „Aber seine Augen", sagte Lenz, „sind alle zwei gelb." Das stimmte. „Ich verstehe es nicht", und ich schämte mich ein bißchen. „Sie können mich jederzeit rufen", sagte er nur. „Und was unternehmen wir im Fall Maskenmord?“ Er seufzte. „Ich weiß es nicht“, sagte er.

ICH KLÄRE DEN MASKENMORD

Es war noch immer die erste Woche. Und sie endete mit einem Triumph! Ich möchte lieber nicht erzählen, wie es dazu kam. Aber da ich es schon erzählen muß, fasse ich mich so kurz als möglich.

Atti blieb verschwunden. Ich sah ihn in doppelter Gefahr. Man konnte ihm einen Mord anlasten. Und man konnte ihn selbst ermorden. Vielleicht hatte man es schon getan. Ich besuchte Schapira in der Kanzlei und fragte nach dem netten Psychiater. Bei dieser Gelegenheit brach ich, und zwar gekonnt, in Tränen aus. Selbstverständlich an seiner Schulter. Diesmal nahm ich seine Einladung in die ‚Eden-Bar‘ an. Ich gestehe, daß ich sie sogar provozierte. Danach trabte ich wie ein Hündchen hinter ihm her, auch dann noch, als er bereits seine Wohnung betrat. Am Franziskanerplatz, den ich seither nicht mehr so liebe wie früher. Wir tranken noch einen Whisky. In seinen schmuggelte ich genügend Schlafpulver, um ihm eine traumlose Nacht zu bescheren. Er schlief ein, als er mich küßte. Ich durchsuchte die Wohnung. Teure Antiquitäten neben ebenso teuren Designermöbeln. Insgesamt scheußlich. Doch hätte ich gar nicht in Schubladen wühlen müssen, um das Erhoffte zu finden. Offen und dekorativ hing es überm Kamin an der Wand. Eine Sammlung offenbar wertvoller afrikanischer Kultmasken. Eine paßte nicht so recht dazu, und ich nahm sie herunter. Sie war nicht ein bißchen

erschreckend. Eine weiße Totenmaske mit dem gewissen geheimnisvollen Lächeln.
Das Gesicht kam mir, auch mit geschlossenen Augen, bekannt vor. Der berühmte Harper muß demnach ziemlich jung gestorben sein. Merkwürdig, ich hatte seine traurigen, manieristischen Bilder immer für die eines alten Mannes gehalten.
Ich konnte die Maske nicht mitnehmen, ohne mich zu verraten. Und Schapira war, wie ich nun wußte, wirklich gefährlich. Also tat ich sie wieder an die Wand und holte meine kleine Sofortbildkamera aus der Handtasche. Ich fotografierte nicht nur die Totenmaske. Sondern auch die anderen neben ihr und die Wohnung, die Möbel, sogar den schnarchenden Schapira. Als kein Film mehr in der Kamera war, schlich ich auf Zehenspitzen davon. Zum Glück war das Haustor per Drucktaste von innen zu öffnen. Ich war schon auf der Straße, als meine Knie zu schlottern anfingen. Ein wirklich harter, kalter, cleverer Detektiv zu sein, erscheint mir ziemlich schwierig.
Ob ich es je schaffe?
Der Rest mußte ein Kinderspiel sein. Mein Gruppeninspektor würde dafür sorgen, daß das Bild der Totenmaske in alle Zeitungen kam, und irgendeinem Passanten, vermutlich mehreren, war sie bestimmt aufgefallen. An dem bewußten Abend und in der richtigen Gegend.
Vor lauter Aufregung bekomme ich kein Auge zu! Dachte ich. Und schlief sofort ein.

GAUSSPLATZ 11

Ich weiß, ich war viel zu früh dran. Gruppeninspektor Lenz käme, so versicherte mir der Portier, erst in einer Stunde. Also zurück nach Hause? Auf gar keinen Fall. Obwohl ich, wie ich mich schuldbewußt erinnerte, Rawuzls Frühstück vergessen hatte. Wahrscheinlich sogar das gestrige Nachtmahl. Wieso hatte er nicht, wie gewöhnlich, gemaunzt?
Der Gaußplatz ist nur einen Katzensprung von der Polizeidirektion entfernt. Also gut, zwei Katzensprünge. Aber meine Beine sind ziemlich lang. Ich schaffte es in zehn Minuten. Wenn Atti am Ende zurückgekehrt war und ich ihn mit meiner Heldentat überraschen konnte! Oder vielleicht versteckte er sich nur. Vor Schapira Angst zu haben, ist keine Schande. Ich könnte auf alle Fälle einen Zettel in seinen Postkasten stecken. Während ich den ebenso knappen wie sensationellen Inhalt entwarf, klingelte ich schon an seiner Tür.
Er machte selbst auf. Noch im Pyjama. „Ja?" fragte er schläfrig und blinzelte mich erstaunt an. Ich war so froh, ihn zu sehen, daß ich mich ihm direkt an den Hals warf. Er trat einen Schritt zurück und fragte, nicht unfreundlich: „Sie wünschen?"
Das war einfach zu viel. Diesmal weinte ich wirklich. „Wie können Sie so blöd fragen?" schluchzte ich. „Ich hab solche Angst um Sie gehabt!" „Das ist sehr lieb von Ihnen", stammelte er hilflos. „Aber warum denn?" „Ich dachte schon, Schapira hätte Sie ermordet." „Kein Grund." Jetzt lachte er und hatte in der linken Wange wieder zwei Grübchen. „Als Sekretär bin ich gar nicht so übel." „Und Ihre Tante?" fragte ich zornig. „Ja, das ist traurig", gab er zu. „Aber alte Leute sterben halt, das ist ganz natürlich." „So? Und warum kamen Sie dann zu mir?"

Es dauerte eine ganze Weile, bevor er wieder den Mund aufmachte. „Ich bin zu Ihnen gekommen?“ Um Himmels willen, der Ärmste hatte sein Gedächtnis verloren. Nein, nicht verloren. Schapira hatte es ihm geraubt. Sicher wußte er etwas, das er nicht wissen durfte. Es gibt solche Pulver, die löschen eine ganze Zeitspanne im Leben glatt aus. Irgendwo habe ich etwas darüber gelesen.
„Darf ich weiterkommen?“ fragte ich sehr behutsam. „Wir könnten vielleicht miteinander Kaffee trinken?“ „Natürlich“, murmelte er nicht allzu glücklich und trat von der Türschwelle zurück. „Es ist aber nur Nescafé da. Und ich hab noch nicht aufgeräumt.“ Ich sah die schauerliche Unordnung in seiner Bude und war, was überhaupt keinen Sinn ergab, glücklich darüber.
Als er mir eine gesprungene Tasse Pulverkaffee, unterm Heißwasserhahn seines Badezimmers zubereitet, reichte, schaute er mich aufmerksam an. „Sie sehen nett aus“, sagte er dann und bekam wieder zwei Grübchen. „Aber was wollen Sie von mir?“
„Ich möchte Ihnen nur ein paar Fragen stellen. Zum Beispiel, warum kamen Sie seit dem Tod Ihrer Tante nicht mehr in Schapiras Kanzlei?“ „Wieso?“ Er schien überrascht zu sein. „Ich war alle Tage dort.“ „Und zuhause, hier?“ „Natürlich nur nach Kanzleischluß. An einem Abend war ich im Kino. Unglücklicherweise gerade an dem Abend, als meine Tante starb. ‚Der geheime Garten‘, ein wunderbarer Film. Sie sollten ihn unbedingt...“ Er unterbrach sich und runzelte seine helle Stirn. „Warum fragen Sie mich das alles?“
Ein Überraschungscoup, dachte ich. Kann sein, daß die Erinnerung dabei zurückkehrt. Ich holte die fotografierte Totenmaske aus meiner Handtasche und hielt sie ihm vors Gesicht. „Wissen Sie, wer das ist?“ „War“, korrigierte er mich. „Mein längst verstorbener Onkel Paul. Ich habe ihn nicht

mehr gekannt. Seine Totenmaske ist mindestens so berühmt wie er selbst."
Jetzt wußte ich nicht mehr weiter. „Wo", fragte ich aus purer Verlegenheit, „ist Ihre Katze?" „Wie kommen Sie darauf, daß ich eine habe?" „Haben Sie keine?" „Nein", sagte er. „Obwohl ich mir eines Tages vielleicht eine anschaffe. Ich mag Katzen. Doch hatte ich bisher nur einen Kanarienvogel. Als Kind, meine ich. Tante Alice schenkte ihn mir."
Wieder eine lange Pause. „Und ich komme Ihnen gar nicht bekannt vor?" „Eigentlich nicht. Obwohl ..." Er studierte mein Gesicht wie eine Landkarte. „Obwohl Sie mir irgendwie nicht fremd vorkommen", sagte er. Die Stunde war jetzt wohl um, und ich konnte Inspektor Lenz einen heißen Fall und dessen Lösung bieten. Aber ich war nicht mehr ganz so wild darauf. Zuerst mußte ich Attis Situation klären.
„Wie hieß der Film?" fragte ich. „Und wären Sie bereit, sich ihn noch einmal anzuschauen?" Zwei Grübchen, zum dritten Mal. „Tuchlauben-Kino", sagte er. „Ich besorge die Karten. Treffen wir uns ein bißchen früher? So gegen sechs?"
„Gegen sechs", bestätigte ich. „Und ich liebe Kino!" „Ich auch", sagte er und öffnete mir die Tür.

DER GEHEIME GARTEN

Sie spielten den Film längst nicht mehr. Wir blieben trotzdem im Kino. ‚Eine Reise durch die Zeit' stand auf dem Programm. Hat mir überhaupt nicht gefallen. Ein alter

Mann trauerte noch immer um seine Geliebte, ein schönes jüdisches Mädchen, das unter Hitler in einem Konzentrationslager starb. Ein halbes Jahrhundert lang hatte er an einer Zeitmaschine gebastelt. Irgendein geheimnisvoller Apparat, durch den man in eine beliebige Vergangenheit eintreten kann. Der alte Mann kehrte im Blitztempo zum Ersten Nürnberger Parteitag zurück und ihm gelang das Attentat. Hitler war rechtzeitig tot, der alte Mann begegnete seiner zukünftigen Braut in einem Park, wo sie gerade Schnurspringen übte. Denn sie war damals noch ein Kind. Der alte Mann setzte sich auf eine Bank und schaute der Kleinen lächelnd zu. Sie würde nicht in der Blüte ihrer Jugend ermordet werden. Ende.

„So ein Blödsinn!" sagte ich, als wir hinterher eine Pizza aßen. „In die Vergangenheit führt keine Tür. Das einzige, was wir verändern können, ist die Zukunft. Damit nie wieder sowas Schreckliches passiert."

„Meinen Sie?" fragte er. „Daß es auch in der Zukunft Massenmord gibt?" „Hoffentlich nicht. Aber ich dachte eigentlich an die Tür. Sie glauben wirklich, daß es keine in die Vergangenheit gibt?" „Was heißt glauben? Das weiß ich. Jeder weiß es." „Da", sagte er, „bin ich nicht so sicher." Es war mir direkt peinlich, ihn so reden zu hören. Was hat Schapira – außer der Erinnerung an gefährliche Ereignisse – noch aus seinem Kopf entfernt? Ich muß ihn wohl sehr besorgt angeschaut haben, denn er lachte. „Sie dürfen mich nicht für verrückt halten", sagte er. „Hat Ihr Herr Papa nie mit Ihnen darüber gesprochen?"

Wenigstens wußte er noch, daß Papa sein Physikprofessor war, und sein Doktorvater dazu. „Worüber gesprochen?" „Die Labyrinthe der Zeit. Die Verzweigung der Welt. Alles das." Er zuckte die Achseln. „Papa ist ein Genie!" verteidigte ich ihn sofort. „War ein Genie", korrigierte ich mich erschrocken. „Aber Märchen hat er keine erzählt." „Märchen?" Er verstummte und aß seine Pizza auf. Da ich mit meiner schon fertig war, blickte ich interessiert durch die große Fensterscheibe neben mir. Natürlich war überhaupt nichts Interessantes in der Rotenturmstraße zu sehen. Bloß der Taxistand und ein Zeitungsverkäufer.

„Es gibt viele Vergangenheiten", sagte er nach dem letzten Bissen. „Zukünfte natürlich auch. Am besten, Sie stellen sich die Zeit nicht als Straße vor, sondern als Stadt. Mit vielen Gassen und Plätzen und ..." Vielleicht unterbrach ich ihn etwas zu schroff. Aber er tat mir leid. Ob Schapira ihn am Ende mit Drogen vollgestopft hatte? „Erzählen Sie mir von dem anderen Film", bat ich. „‚Der geheime Garten', hieß er nicht so? Ein romantischer Titel. Bestimmt eine Liebesgeschichte."

„Irgendwie", sagte er, „ist alles eine Liebesgeschichte. Die ganze Welt. Eigentlich sämtliche Welten, es gibt so viele. Doch den geheimen Garten haben zwei Kinder entdeckt. Für Kinder ist es leichter, etwas zu entdecken. Die Erwachsenen finden nur selten die Tür, die in so einen geheimen Garten führt."

Schon wieder die Tür! Gleich würde er mit der Vergangenheit anfangen, und daß sie womöglich ein Dorf sei oder ein Vorort. Also wechselte ich noch einmal das Thema.

„Sie haben mir erzählt" - und das war eine Fangfrage! - „Ihre Tante wäre früher Tingeltangel-Tänzerin in der ‚Koralle' gewesen. Eine Schönheit. Diese Vergangenheit sah man der Leiche nicht an."

„Sie hatte auch eine andere", sagte Atti erstaunt. „Wie kommen Sie auf Tingeltangel-Tänzerin? Sie wurde im Kloster erzogen. Es ist wahr, später wurde sie sein Modell. Ziemlich erotisch. Aber da waren sie schon verheiratet."

Darauf wußte ich keine Antwort. Atti hat mir zwei Geschichten erzählt, aber nur eine kann stimmen. Mir drehte sich alles im Kopf. Noch dazu dieser idiotische Film! Klar, der fette alte Direktor von der ‚Koralle' hat die Klosterschülerin entführt und ließ sie nackt in seinem Etablissement tanzen. Natürlich hat man das der Verwandtschaft verschwiegen. Aber wenn man es ihr verschwiegen hat – wieso wußte Atti der Erste davon?

„Sie haben verträumte Augen", sagte Atti der Zweite. „Woran denken Sie denn?" Ich werde mich hüten, es ihm zu sagen! Atti der Erste, Atti der Zweite ... Ja, fange ich jetzt auch an zu spinnen? „Ich bin müde", erklärte ich, obwohl ich hellwach war wie nach einer ganzen Thermoskanne Kaffee. „Morgen ist auch noch ein Tag." „Ja", sagte er. „Das Begräbnis von Tante Alice. Kommen Sie auf den Friedhof?" Ich wußte nicht einmal, auf welchen. „Selbstverständlich. Fahren wir miteinander?" „Ich fahre mit Schapira", sagte er. „Und der hat sicher nichts dagegen ..." O nein, wahrscheinlich doch! „Ich komme lieber allein", sagte ich. „Jetzt hab ich glatt vergessen ..." „Sieveringer Friedhof, zwei Uhr."

Ich protestierte höflich, aber ohne Hartnäckigkeit, als Atti die Rechnung bezahlte. Als wir uns zum Abschied die Hand gaben, hielt er die meine fest, und mein Herz tat einen Sprung. Überflüssigerweise, denn er sagte überhaupt nichts Romantisches, sondern fragte mich, wie ich heiße? „Sie müssen entschuldigen, vielleicht haben Sie ja Ihren Namen genannt. Aber ..." Kein Aber! „Mein Name ist Floralind Lerner, und ich habe nur deshalb keine Visitenkarten, weil ich Visitenkarten hasse. Ich bin Privatdetektivin."

„Oh!" Er starrte mich an, als wäre ich eine Hornisse mit Hütchen. Ich starrte zurück. Ob er sich vielleicht nur ver-

stellt? Wenn er nicht verrückt ist, spielt er Theater. Während des Heimwegs überlegte ich, welche von beiden Möglichkeiten mir die liebere wäre?
Nein, nicht die liebere. Die weniger schreckliche.

DAS BEGRÄBNIS

Um ja nichts zu verpassen, kam ich schon um eins auf den Friedhof. Nicht mit Schapira, sondern mit Tramway und Bus. Die Aussicht, die Trauernde und Tote dort genießen, ist bemerkenswert. Ich langweilte mich jedenfalls nicht, als eine gute halbe Stunde lang niemand kam. Von der Höhe des Friedhofs schaute ich herunter auf den Wienerwald und die Stadt, und ich wünschte den Toten lebendige Augen. Es gibt Plätze, an denen man Wien ganz besonders liebhat. Dies ist einer von ihnen.
Die ersten, die kamen, waren Atti und Schapira. Die letzten auch. Und obwohl ich Alice Harper doch kaum gekannt hatte, weinte ich, als man ihren Sarg aus der Kapelle trug. Wie einsam sie gewesen sein mußte.
Natürlich hatte ich Angst vor Schapira. Denn vielleicht hatte er ja gemerkt, daß sein Schlaf neulich kein ganz natürlicher war. Andererseits vertraute ich auf Attis Schutz. Aber Schapira nickte mir nur zu wie irgendeiner Klientin, und Atti blieb - statt zu mir herüberzukommen - an seiner Seite. Ich hütete mich, ihm zu zeigen, wie gekränkt ich war. Meine Gefühle gingen ihn schließlich nichts an.
Da offensichtlich kein Pfarrer für eine Rede engagiert worden war, dauerte das Begräbnis nicht lang. Ich hatte eine Locke mitgebracht. Die kupferbraune Locke im blaßblauen

Kuvert aus Alice Harpers Schreibtisch. Zugegeben, ich bin sentimental und vielleicht, als Detektivin, nicht gewissenhaft genug. Aber es war doch gewiß die Locke des toten Malers, die sie ihr Leben lang aufbewahrt hatte? Und die ihr lieber auf dem Sarg sein mochte als eine Schaufel voll Erde. Erde hatte sie nun genug über sich. Mehr als genug. Schapira schaute während des Begräbnisses genau viermal auf die Uhr. Als alles vorbei war, brauste er mit Atti dem Soundsovielten in seinem Riesenauto - ich kann nie eine Marke von der anderen unterscheiden - davon. Es ist wahr, daß Atti mir winkte.
Ich winkte nicht zurück.

EIN ÜBERSINNLICHER INSPEKTOR

Nach dem Begräbnis beschäftigte ich mich damit, Rawuzl in die Augen zu schauen. Noch immer oder schon wieder waren alle zwei gelb. Der Kater gähnte mich gerade zum zehnten Mal an, als das Telefon klingelte.
Atti, dachte ich. Aber ich würde nicht rangehen, auf gar keinen Fall. Womöglich spielte er mir das ganze Theater nur vor, um sich ums Honorar zu drücken? Widerlich!
Beim dritten Klingeln riß ich den Hörer nur so von der Gabel. Leider, und ich haßte mich selber dafür. Immerhin senkte ich meine Stimme auf 30 Grad unter Null. „Hallo." Sonst nichts.
Eine verwirrte Pause. „Sind das Sie?", fragte eine Stimme, die eindeutig nicht zu Atti gehörte. „Nein, jemand anderer." Ich mußte lachen und klang sofort nicht mehr sibirisch sondern nach Frühling. „Ich hab Sie zuerst nicht erkannt",

sagte mein Gruppeninspektor. „Sind Sie allein?“ „Wie ein Schneemann in der Wüste. Manchmal bin ich nicht sicher, daß es mich gibt.“ „Kann sein, ich hab etwas herausgefunden“, sagte er. „Können wir uns treffen?“

Das taten wir eine Viertelstunde später im Volksgarten. Es saßen noch nicht viele Leute auf den Bänken, so waren wir ungestört. Sein Anzug war noch blauer als seine Augen. „Alice Harper wurde wirklich ermordet“, sagte er. Das wußte ich bereits. Aber wie hatte er es erfahren? Als ich ihn fragte, zeichnete er mit der linken Schuhspitze Kreise in den Kies. „Darüber möchte ich lieber nicht reden“, sagte er endlich.

Und dann tat er es doch. „Alice Harper hat es mir gesagt.“ „Aber die ist doch tot?“ „Einerseits“, gab der Gruppeninspektor zu. „Andererseits nicht?“ „Nein, andererseits nicht.“

Ich fing an, mich wie bei einem Kreuzworträtsel zu fühlen. Ich hasse Kreuzworträtsel. Ich hab auch noch nie eines gelöst. „Ich versteh nicht ein Wort.“ „Das“, sagte er düster, „hab ich befürchtet.“

Die „Semmel“ stolzierte wichtig vorbei, ihren grünen Ball, wie immer, im Maul. Sie ist ein Hund, ein kleines Bastardl mit semmelblondem Fell. Jedesmal, wenn ich sie sehe, habe ich Glück. Sie ist verläßlicher als drei Rauchfangkehrer. Ich schaute ihr nach, bis sie hinter den knospenden Rosenbüschen verschwand.

„Soll ich vielleicht meinem Polizeikommandanten sagen, daß ich schon zwei Vermißte auf die Weise gefunden hab?“ „Auf welche Weise?“ „Tonbandstimmen. Eine ertrunkene alte Frau und ein Kind. Das Kind gab genau den Ort an, wo ich es später fand. Im Steinbruch. Es war mißbraucht und erwürgt worden. Als Täter beschrieb es den Friseur. Nach anfänglichem Leugnen hat er gestanden. Auf der Polizei

glauben sie jetzt, ich hätte einen messerscharfen Verstand.“ Er lachte verärgert. „Ich hab gehofft, Sie wären anders.“ „Sie reden mit Tonbandstimmen?“ fragte ich fassungslos. Ich hatte schon über diesen Unfug gehört. Man mischt ein paar Radioprogramme, möglichst fremdsprachige, und aus dem Wellenchaos spricht die Stimme der toten Mama. Oder eines verstorbenen Bischofs. Ausgerechnet diesen Menschen hatte ich um Hilfe gebeten? Ich schaute den armen Inspektor verstohlen von der Seite an. Er wirkte niedergeschlagen.
„Ich weiß nicht genau, wie ich bin“, sagte ich aus purer Gutmütigkeit. „Noch nicht. Wahrscheinlich braucht man Jahrzehnte dazu.“ Seine Augen leuchteten auf. „Ich kann es beweisen“, sagte er. „Und das werde ich auch tun.“ „Was werden Sie tun?“ „Ein Gespenst ist ihr erschienen. Saß einfach am Schreibtisch, als sie abends nach Hause kam. Es war der Schreck, der sie umgebracht hat.“
Ich gab nicht zu, wie unbehaglich ich mich fühlte. Außerdem fror ich plötzlich. Für eine Bank im Volksgarten war es wohl noch zu früh. „Ein Gespenst können Sie nicht verhaften.“ „Nein, kann ich nicht. Es war aber keins.“ „Sie glauben nicht an Gespenster? Bloß an ihre Stimmen?“ Ich kam mir richtig gemein vor. „Verstehen Sie nicht?“ Jetzt war er ungeduldig. „Hinter dem Schreibtisch saß ein Mensch mit einer Maske. Über die Maske waren wir uns doch einig?“ „Pendeln Sie auch?“ fragte ich. Stumm zog er ein Messingpendel aus seiner Tasche. „Schade.“ Und er steckte es wieder ein. „Hat wohl keinen Sinn. Dabei schauen Sie gar nicht so aus.“ „Wie aus?“ „Die meisten Leute sind überhaupt nicht neugierig. Bilden sich ein, sie wüßten auf alles eine Antwort. Und so haben sie das Fragen verlernt. Man wird schnell alt, wenn man nicht mehr fragt. Und Sie haben jung ausgeschaut.“

Ich brauchte eine ganze Minute, um mich zu schämen. Dann erzählte ich ihm die Geschichte von Harpers Totenmaske. Meinen Besuch bei Atti verschwieg ich. Er hörte mir aufmerksam zu. „Es wird immer interessanter", sagte er. „Warum hat sie die Erscheinung ihres verstorbenen Mannes, denn dafür mußte sie die Maske halten, dermaßen erschreckt?" „Also hören Sie, da würde wohl jede Witwe erschrecken!" „Jede nicht. Es sei denn, sie wäre nicht ganz unschuldig an seinem Tod."

Das war ein bißchen viel auf einmal. Ich hatte das Gefühl, eine kleine Pause zu brauchen. „Der ‚Grüne Anker' hat schon offen", sagte ich. „Gehen wir hin, und Sie warten auf mich. Ich hole nur schnell die Bilder."

„Man müßte wissen", sagte er auf dem Weg dahin, „ob es eine glückliche Ehe war. Glückliche Ehen sind selten." „Sind Sie verheiratet?" „Ich war es", erklärte er knapp. „Aber Harper war eine Berühmtheit. Es muß eine ganze Menge über ihn geschrieben worden sein. Kennen Sie keine Kunsthistoriker?" Ich kenne Atti, dachte ich. „Ich werde darüber nachdenken", sagte ich laut.

Mein Sinn für verkehrte Romantik! Ich führte den Inspektor an genau jenen Tisch, an dem ich damals bis zur Sperrstunde auf Atti gewartet hatte. „Bis gleich", sagte ich.

Daß ich meinen Inspektor erst vierundzwanzig Stunden später wiedersehen sollte, ahnte ich nicht.

UNERWARTETER BESUCH

Vor meiner Wohnungstür saß ein alter Mann. Obwohl er mir fremd war, kam er mir bekannt vor. Weißes, bis zum

Kinn reichendes Haar, große graue Augen, deren Glanz erloschen war, Mund und Nase schmal. Er trug eine braune Samtjacke und war, als er sich langsam vom Boden erhob, ziemlich groß. „Kommen Sie zu mir?“ fragte ich. „Scheint so“, sagte er und blickte sich erstaunt um.
Ich ließ mir Zeit mir den Schlüsseln. Er schien noch ganz kräftig zu sein. Falls er finstere Absichten hegte, würde Rawuzl mich kaum beschützen. „Zwei meiner Onkel sind gerade auf Besuch“, log ich. „Falls Sie mir etwas Vertrauliches mitteilen möchten, sollten wir besser woanders hingehen.“
„Ihnen mitteilen? Etwas Vertrauliches, ja ...“ Er sah so verloren aus, auf einmal. Und als hätte er jede Hoffnung aufgegeben, daß ihn jemand finden würde. „Um die Wahrheit zu sagen, ein Blackout.“ Er lächelte verlegen. Seine Stimme war heiser und ziemlich hoch. „Passiert mir manchmal. Nicht zu oft, aber ... Entschuldigen Sie. Ich weiß wirklich nicht, was ich hier wollte. Ich wohne nur ein paar Häuser entfernt, wissen Sie.“ Nein, wußte ich nicht.
„Ich bin Privatdetektivin“, erklärte ich hoffnungsvoll. Womöglich ein Klient, der bloß vergessen hatte, daß er einer war? Wie gesagt, über die erste und zweite Jugend war er hinaus. „Dektektivin? So, so.“ In seinen Augen glomm kein Funken der Erinnerung auf. „Alexander Harper“, murmelte er mit einer Verbeugung. „Ich bin Maler.“
Ich starrte ihn mit offenem Mund an. Wie es schien, hatte ich selbst ein Blackout. „Ist Ihnen nicht gut?“ fragte er höflich. „Nein, gar nicht.“ Obwohl es natürlich möglich war, daß ich nur träumte. Träume, habe ich irgendwo gelesen, sind geschenkte Abenteuer. Man kann sie gefahrlos bestehen. „Kommen Sie herein“, sagte ich und drehte den Schlüssel im Schloß.
Er folgte mir zögernd. „Wenn ich vielleicht ungelegen

bin ...“ „Keine Spur!“ erklärte ich munter. „Ich wollte gerade einen Martini trinken. Leisten Sie mir Gesellschaft?“ „Gern“, sagte er erfreut. Ich öffnete Papas Barschrank. „Trocken?“ „O ja, bitte.“ Sogar im Traum war der Barschrank leer. So gut wie leer jedenfalls. „Mögen Sie auch Inländer-Rum?“ „Fast mein Lieblingsgetränk.“ Und er lachte. Obwohl seine Wangen schmal waren, bekam er dabei in der linken zwei Grübchen. „Ich habe auch keine Onkel“, gestand ich und goß uns beiden großzügig ein.

Ich weiß nicht, ob man einander mit Rum zuprostet. Wir taten es jedenfalls. Der dritte Mann im blauen Fauteuil, dachte ich. Eigentlich schade, daß er nicht wirklich war. „Sie wohnen in der Nähe, sagten Sie?“ „Ja, Blutgasse.“ „Nummer 13, Mezzanin!“ trumpfte ich auf. „Stimmt“, und er schaute mich überrascht an. „Haben Sie meine Frau gekannt?“ „Selbstverständlich. Grüne Turbane und so.“ Er nickte. „Sie hatte“, sagte er, „einen wirklich schauderhaften Geschmack.“ Konnte man, was den Ehemann anging, nicht gerade behaupten. Der Traum machte mir immer mehr Spaß. Ich goß Rum nach, warum nicht? Aufwachen würde ich jedenfalls ohne Kater.

Dabei fiel mir Rawuzl ein. Er mußte sich irgendwo verkrochen haben. Dafür bevorzugte er für gewöhnlich die Kredenz. Er liebt es, sich in einen Kochtopf zu zwängen. „Alice fehlt mir“, bekannte mein Gast. „Ich fühle mich ziemlich einsam seit ihrem Tod.“

Ein bißchen sehnte ich mich nach dem Läuten des Weckers. Um die Sehnsucht, oder was immer, zu unterdrücken, nahm ich einen extragroßen Schluck. Danach fühlte ich mich wieder besser. Viel besser! „Ich werde Ihnen jetzt“, sagte ich, „etwas zeigen.“ Aus der Schreibtischlade holte ich meine Schätze hervor. Alle. Eigentlich wartete mein Inspektor im ‚Grünen Anker‘ darauf. Oder

hatte ich das auch schon geträumt? Schwierig, immer zu wissen, wann man wach ist, und wann nicht.
Geradezu übermütig breitete ich die Fotografien rund um die Rumflasche aus, die grauen Briefe, die kupferbraune Locke, sogar das alte Schulheft mit den bunten Prinzessinnen. Die Totenmaske zeige ich ihm vorläufig noch nicht. „Woher haben Sie das?" Seine Hand, die das Hochzeitsbild hält, zittert. Argwöhnisch schaut er mich an. „Sie erkennen es wieder?" „Ich werde wohl mich selbst wiedererkennen. Und meine Frau." Er blättert im Schulheft. „Ihr kleiner Neffe." „Wieso Neffe? Das Heft gehört unserem Sohn." „Wie geht es ihm?" „Warum interessiert Sie das? Gut, Atti geht es sehr gut. Sind Sie vielleicht ...?" „Nein, keine Freundin von ihm, falls Sie das meinen." Er scheint erleichtert zu sein. „Es ist nicht leicht, sein Studium selbst zu verdienen. Aber er bestand darauf. Wahrscheinlich hätte ich es nicht zulassen sollen." „Was studiert er?" „Physik. Und daneben arbeitet er als Sekretär bei einem Anwalt." „Doktor Schapira?" „Sie kennen ihn", sagt er vorwurfsvoll, „also doch?"
„Ihr Haar?" frage ich, um ihn abzulenken. Mit dem Zeigefinger streicht er über die Locke. „Wer die aufgehoben hat?" „Ihre Frau, nehme ich an." Er schüttelt den Kopf. „Alice war nicht sentimental. Was ist das?" Verwundert betrachtet er das Bild. „Eine Dame in Trauer." „Ja, offenbar. Aber sie schaut aus wie Alice." „Ist sie es nicht?" „Als ihre Eltern gestorben sind, war sie ein Kind. Und seither ... Ich erinnere mich an keinen Todesfall, der sie direkt betraf."
Jetzt halte ich ihm die Totenmaske hin, die ich bei Schapira fotografierte. Ich gebe zu, ich habe Herzklopfen. „Wer soll das sein?" fragt er. Aber er ist blaß geworden, und seine Stimme klingt gepreßt. „Nett, daß Sie mich eingeladen

haben“, sagt er und steht auf. „Wie gesagt, Atti hat wenig Zeit für Privates. Nach der Dissertation ist es natürlich etwas anderes.“ Er strebt auf die Tür zu. Ich halte ihm die grauen Briefe hin. „Ist das Ihre Schrift?“ Ohne einen Blick darauf zu werfen, verabschiedet er sich von mir. Macht einfach die Tür auf und geht davon.
Ich spüle nicht einmal mehr die Gläser ab. „Rawuzl?“ Wenn er nicht kommt, auch gut. Muß er eben bis zum Frühstück warten. Ich gehe sofort ins Bett. Wohin man, wenn man träumt, schließlich gehört.
Das Telefon läutet und läutet. Soll es! Ich weiß nicht, wieviel Prozent hat Rum?

KOPFSCHMERZEN

Ich wachte mit Kopfschmerzen auf. Wieso eigentlich? Und dann sah ich die leere Rumflasche auf dem Tisch. Zwei Gläser! Und rundherum, nachlässig verstreut, das Beweismaterial. Oder wie sollte ich es nennen? Zum Beispiel die Totenmaske. Doch der Tote hatte sich als Witwer ausgegeben und mich besucht.
Nicht nur wegen des Rums tat mir der Kopf weh. War der Fremde mir nicht gleich bekannt vorgekommen? Während ich Kaffee trank, prüfte ich die Fotografien. Die Ähnlichkeit war unverkennbar, trotz der Jahre, die das Original von den Bildern trennte.
Zum Glück kroch Rawuzl aus dem Backrohr. Wenn er wieder zwei ungleiche Augen hat, dachte ich, schreie ich laut. Ich mußte nicht schreien, und er trank seine Milch, als wäre dies ein ganz gewöhnlicher Haushalt. Ich ging zum Spiegel

und schaute mich an. Zwar sah ich verkatert aus, aber keineswegs überraschend.
Trotzdem! Ich fühlte mich schlicht überfordert. Es macht mir nichts aus, wenn Biedermänner sich als Mörder entpuppen und umgekehrt. Aber ich möchte am Morgen in derselben Welt aufwachen, in der ich mich am Abend ins Bett legte.
Gut, alles schien so wie immer zu sein. Meine Haare waren nicht plötzlich schwarz, und auch die Möbel waren Jahrhundertwende geblieben und nicht Biedermeier oder Louis Seize. Ich registrierte es mit einer gewissen Dankbarkeit. Zum Kuckuck! Sogar wenn es eine phantastische Dimension der Wirklichkeit gibt ... Ich finde sie einfach abstoßend.
Abstoßend, das erinnerte mich an Schapira. Hatte er mich nicht engagiert? Sogar mit Honorar. Meinen kleinen Betrug mit Schlafpulver und Totenmaske hatte er offenbar gar nicht bemerkt. Umso besser! Er war zwar abscheulich, aber normal. Ich brauchte ganz dringend einen normalen Gesprächspartner! Andererseits ...
Wer kam noch in Frage? Da mußte ich nicht lang nachdenken. Atti, und er brachte noch immer mein Herz dazu, lauter zu klopfen. Aber wurde er nicht immer bizarrer? Er kennt mich, er kennt mich nicht. Wie das Gänseblümchen-Orakel. Und wieso war er Alexander und Alice Harpers Sohn, wenn er sich mir als Neffe vorstellte? Und Alice Harper zuerst als Tingeltangel-Tänzerin und dann fast als Nonne? Entweder - oder! Dann auch noch dieser idiotische Film, den er herrlich fand. Nein, im Moment hatte ich, was Atti anging, keinen Bedarf.
Mein Gruppeninspektor? Also zuerst hatte er wirklich einen sehr guten Eindruck gemacht. Eine echte Alternative zum Neffen oder Sohn oder was immer. Aber sollte ich

vielleicht mit ihm pendeln? Oder mich mit den Tonbandstimmen von Mördern und Ermordeten unterhalten? Er war schon sehr nett, auch ohne Grübchen. Um Himmels willen, vielleicht saß er noch immer im ‚Grünen Anker'? Nein, sie hatten ja Sperrstunde gemacht. Das Telefon gestern abend, das immer wieder klingelte. Klar, er rief mich an. Wenn ich ihm alles erzähle, zieht er sein Pendel aus der Tasche. Bestenfalls! Auf tote Tonbandstimmen bin ich nicht scharf.
Alle anderen Leute, die ich kenne, sind tot. Also muß ich neue Bekanntschaften machen! Es war wohl noch der Rum. Seine Nachwirkungen. Denn ich zog mich piekfein an, blaues Samtkostüm à la Gainsborough, und ich fand, nach längerem Suchen, einen Lippenstift „Erdbeerrot" in meinem Schuhkästchen. Gott weiß, wie er dahin kam. Ich fühlte mich durchaus reizvoll, als ich meine Wohnung Richtung Stadtpark verließ.
An einem Vormittag macht man keine Bekanntschaften. Wenigstens tröstete ich mich so, als ich am frühen Nachmittag ergebnislos in die Nikolaigasse zurückkehrte. Immerhin hatte ich die Enten gefüttert, in der Wollzeile war ein Laden mit Mais. Und Salat für die Menschen. Ich esse kein Fleisch. Zumindest nicht gern. Sind wir nicht mit den Tieren verwandt?
Aber vielleicht auch mit dem Spinat. Das ganze Leben ist ein Mörderspiel!

BLUTGASSE

Ich hab ja noch immer die Schlüssel! Nein, allein gehe ich auf keinen Fall hin. Jeder würde sich fürchten, nicht nur ich. Bleiben wieder die drei. Schapira, Atti und mein Inspektor.
Schapira ist wahrscheinlich der Mörder. Als Begleitung kommt er daher nicht in Frage. Atti? Er hat mir nicht gesagt, daß er Alice Harpers Sohn ist. Und natürlich erbt er. Nein, ich verdächtige ihn nicht wirklich. Aber ausschließen kann ich ihn auch nicht.
Also der Gruppeninspektor! Vielleicht erklärt Alexander Harper ihm aus dem Radio, wie er es geschafft hat, von den Toten aufzuerstehen. Um mich zu besuchen, meinen Rum auszutrinken und mir praktisch den Umgang mit Atti zu verbieten. Der arme Sohn studiert nämlich, und einen Beruf hat er auch. Für eine Liebschaft fehlt ihm die Zeit, also belästigen Sie ihn nicht weiter.
Er hat es nicht genauso gesagt. Aber genauso hat es geklungen. Als strebte ich eine Liebschaft mit einem Mann an, der sein halbes Gedächtnis verloren hat. Sicher müßte ich mich ihm jedesmal frisch vorstellen. „Hallo, Schatz, erinnerst du dich? Wir haben letztes Jahr geheiratet." O nein, ohne mich. Und ihn nicht wirklich zu verdächtigen, ist wahrscheinlich ein Fehler. Die Gelegenheit hatte er jedenfalls. Mit Maske, oder ohne. Ich werde ihn schärfer beobachten müssen.
Ich rufe Inspektor Lenz an. „Wo waren Sie denn?" fragt er ein bißchen ungnädig. „Ich habe mir Sorgen gemacht." Dann sollte er sich, finde ich, über meinen Anruf freuen. Das sage ich ihm auch, und er lacht. „Was treiben Sie heute abend?" „Ich breche in die Wohnung von Alice Harper ein. In Begleitung eines Gruppeninspektors. Allerdings habe

ich Schlüssel. Und eine Geschichte. Wenn ich sie Ihnen erzähle, fangen alle Toten auf Ihren Tonbändern laut an zu schreien. Sie selbst übrigens auch. Obwohl Sie noch leben, und das finde ich nett."

„Wirklich?" fragt er. „Ja", sage ich. „Sehr nett." „‚Grüner Anker', halb sieben?" „Ja. Diesmal komme ich!" „Versprochen?" „Versprochen."

Daß ich falsch singe, hat man mir schon in der Schule gesagt. So ein Unsinn! Falsch oder nicht falsch, daß man schön singt, ist wichtig. Zum Glück kenne ich jede Menge Schlager.

Zuerst schaut Rawuzl mich fassungslos an. Als ich beim Singen auch noch zu tanzen anfange, versteckt er sich unter dem Schrank.

DIE ZWEITE WOCHE

Sie fing eigentlich heute morgen schon an. Vor lauter Kopfweh brachte ich die Zeit durcheinander. Atti würde sagen, ich hätte mich in der Zeit-Stadt verlaufen. Atti der Zweite. Dabei fällt mir ein, daß Atti der Erste seine Dissertation über die Zeit schreibt. Das Thema ist von Papa.

Nein, ich werde nicht über Atti nachdenken. Beide, der Erste und der Zweite, sind mir vollkommen gleichgültig. Schon allein die Erinnerung an sie hat mir das Singen verleidet.

Im ‚Grünen Anker' spendiert Inspektor Lenz mir ein Baguette und französischen Wein. Chianti, sagt er, macht zwar leichtsinnig. Aber französischer, sogar Landwein, verleiht Mut. Und den werden wir brauchen. Was wir gleich tun werden, ist ungesetzlich. Wir prosten einander verschwörerisch zu.

Der Inspektor ist ein paar Jahre älter als Atti. Wenn er nicht gerade mit Geistern spricht, fühle ich mich bei ihm so beschützt. Ich lächle, und er lächelt zurück. Bei einem Mann sind Grübchen sowieso lächerlich.
Leider bin ich überhaupt nicht geschickt. Nachdem wir auf Zehenspitzen über die Treppe geschlichen sind, fallen mir beim Aufsperren die Schlüssel herunter. Wenn jemand in der Wohnung ist, hab ich ihn gründlich gewarnt.
Lenz hat die Schlüssel aufgehoben, ohne eine Spur des Vorwurfs, und selbst aufgesperrt. Natürlich hab ich ihm vorhin beim Wein die ganze Geschichte erzählt. Er hat mir gespannt und ohne Kommentar zugehört. Freilich, wie soll man den Besuch eines längst Verstorbenen kommentieren? Und was machen wir, wenn er jetzt, eine Pfeife rauchend, im Lehnstuhl sitzt? Nein, Harper ist nicht der Typ eines Pfeifenrauchers. Aber die Wohnung ist sowieso leer.
Alice Harpers Leiche ist längst abtransportiert. Der giftgrüne Turban hängt ordentlich an einem Haken. Trotzdem hat sich irgendetwas verändert. Die Totenmaske! Ich schwöre, letztes Mal war sie nicht da, sondern bei den afrikanischen Kultmasken an Schapiras Wand. Das hab ich nicht geträumt, sondern fotografiert. Ich kann es also beweisen.
Ich muß Lenz nicht auf die Maske aufmerksam machen, er hat sie schon entdeckt. Und Schapira hat einen Schlüssel ... Atti auch, aber am Gaußplatz hab ich keine Totenmaske gesehen. „Schapira hat also doch nicht so tief geschlafen?“ flüstert der Inspektor mir zu. „Dann weiß er, daß ich ihn verdächtige“, flüstere ich zurück. Dabei ist außer uns niemand da. Oder doch? Unterm Bett und hinter den Vorhängen haben wir nicht nachgeschaut.
Sehr klug von Schapira, die Maske hier einzuschmuggeln. Ohne meine kleine Kamera gibt es keinen Zusammenhang

zwischen ihm und ihr. Die Fotografien hab ich noch immer in meiner Handtasche, eigentlich schlampig von mir. Aber Lenz war nicht da, als ich sie ihm zeigen wollte. Das hole ich jetzt nach.

Ich greife in die Tasche. Die Kamera ist da. Nur die Bilder sind weg. Das Beweismaterial für einen Mordfall, der – zugegeben! – nur in unserer Phantasie existiert. Wenn man von der Geisterstimme absieht. Als ich das alles dem Inspektor erkläre, kriegt er eine tiefe Sorgenfalte zwischen seinen gleichfalls kastanienfarbenen Brauen. „Aber das bestätigt unseren Verdacht!" sagt er und vergißt sogar zu flüstern. „Hat Schapira Gelegenheit gehabt ...?" „Ich weiß nicht. Nein, sie waren ja noch da, als ich sie Alexander Harper zeigte! Ich meine, seinem Gespenst."

„Interessant", sagt der Inspektor, „daß alle zwei Alexander heißen. Alle drei eigentlich ..." Nun ist Alexander zwar kein häufiger Name, aber das Gesetz der Serie ... „Haben Sie noch nie etwas vom Gesetz der Serie gehört?" „Kammerer", sagt er, und ich bin ein bißchen beschämt. Obwohl er an Geisterstimmen glaubt, ist er gebildet. „Wissen Sie was?" fährt er fort. „Halten Sie sich da heraus. Überlassen Sie den Fall der Kriminalpolizei, ich werde versuchen, mich darum zu kümmern. Sie sind ein liebes Mädchen, ich möchte nicht, daß Ihnen etwas Böses geschieht."

Ein Mädchen? Wenn auch ein liebes, aber das lasse ich mir nicht gefallen. Ich bin die Detektei Luna! Öffentlich zugelassen, und im Fall ‚Pestsäule' hab ich mich, so schmerzlich es für mich war, nicht blamiert. „Da wir gerade von Namen sprechen", sage ich, etwas Besseres fällt mir im Moment einfach nicht ein: „Hanno steht doch nicht in Ihrem Taufschein? Sicher heißen Sie Hans."

„Johann", erklärt er gekränkt. „Und schon meine Mutter nannte mich Hanno." „So? Ich werde Sie jedenfalls Hans nennen, falls sich überhaupt noch einmal die Gelegenheit ergibt." „Dann werde ich Floralind zu Ihnen sagen, obwohl ich den Namen recht hübsch finde. Hübscher als Flo." „Aber man vertut eine Menge Zeit, ihn auszusprechen, nicht wahr?" „Sind wir beide verrückt geworden?" fragt er mich und erwartet offenbar keine Antwort. „Wollen wir uns über Namen streiten oder einen Mord aufklären? Beides ist, im Prinzip, möglich."

„Mit den Namen haben Sie angefangen!" sage ich, und dann lachen wir beide. „Also gut, Hanno!", und ich reiche ihm meine Hand. „In Ordnung, Flo." Er drückt sie herzhaft. „Aber was machen wir nun?"

Es scheint, wir haben alle zwei keine Ahnung. Irgendwie ist es, trotz unseres kräftigen Händedrucks, kein handfester Fall, sondern angesiedelt in den Grenzbereichen der menschlichen Psyche. Falls es so eine gibt, menschlich oder nicht. Was die Seele betrifft, war ich mir nie sicher. Papa hat gesagt, die Seele ist ein Muster, ein Programm. Aber wer bin dann ich? Der Computer, in dem dieses Programm gespeichert ist? Und wenn nicht, wenn ich Computer und Programm in Personalunion bin, sterbe ich irgendwann und werde verschrottet. Verwesen, nennt man das bei Organismen. Ist Alice Harper verschrottet? Angeblich hat Hans - ich meine, Hanno! - ihre Stimme aus dem Jenseits gehört.

„Glauben Sie an die Unsterblichkeit?" frage ich. „Selbstverständlich!" Hanno schaut mich überrascht an. „Sie nicht?" „Manchmal", sage ich wahrheitsgemäß. „Klar, unser Geist schwankt. Wie ein Rohr im Wind schwankt er." „Bitte?" „Zwischen Erleuchtung und Verzweiflung." Schon ein komischer Inspektor! „Und nun?"

Mit einem scharfen Atemzug kehrt er aus der Ewigkeit in die Blutgasse zurück. „Wir müssen Alice Harpers Lebensgeschichte verfolgen", sagt er. „Zurückverfolgen. Ich hab so ein Gefühl, als ob die Lösung des Rätsels in ihrer Vergangenheit liegt." „Und ihr toter Mann Alexander, war er eine Geistererscheinung?" „Wir werden sehen", sagt Hanno.

DAS GESPENST

Ich könnte mir teure Kunstbücher kaufen. Oder mich tagelang in die Nationalbibliothek setzen. Aber ist es nicht einfacher, ich lasse mir von Atti etwas über seinen Onkel erzählen? Falls Harper sein Onkel ist ...

Am Vormittag ist er sicher in der Kanzlei. Warum soll ich denn nicht hingehen? Inmitten seiner Angestellten wird Schapira mich schon nicht erwürgen. Und wenn Atti wieder einmal nicht weiß, wer ich bin, kann ich seinen Chef bitten, uns bekannt miteinander zu machen.

Noch in der Singerstraße halte ich das Ganze für eine gute Idee. Erst, als die weißhaarige Sekretärin mit der Baßstimme und Freistilringerfigur mir die Tür aufmacht, rutscht mir das Herz tief herunter.

„Doktor Schapira erwartet Sie", und sie führt mich sofort in sein Heiligtum. Wieso erwartet er mich? Beklommen folge ich ihr.

Der schmächtige Löwe kommt mir mit ausgebreiteten Armen entgegen. „Ja, Kindchen! Wo haben Sie sich herumgetrieben? Sollten Sie mir nicht Bericht erstatten?"

„Jetzt vielleicht nicht mehr", stottere ich. „Nachdem feststeht, daß es ein natürlicher Tod war ..." „So, steht das fest?" Und er zwinkert mir rätselhaft zu. „Nett übrigens von Ihnen, daß Sie zum Begräbnis kamen. Begräbnisse sind immer so deprimierend. Ich selbst hasse sie. Einen Drink?" Wahrscheinlich will er mich vergiften. Nicht einmal Wasser aus der Leitung trinke ich hier! Sogar auf den gewissen Stuhl aus Kuhfell und Chrom setze ich mich äußerst mißtrauisch. Schapira schaut mir tief in die Augen. „Kann ich ganz offen mit Ihnen reden?" fragt er.

„Selbstverständlich", sage ich und bin perplex. „Ich mache mir Sorgen", sagt er, „um Atti, meinen Sekretär. Große Sorgen." Ich sitze kerzengerade und warte, was er als nächstes sagen wird. Aber er sagt nichts als nächstes, und wir blicken einander stumm an.

Ein Gefühl der Unwirklichkeit überkommt mich. Es ist wie ein Nebel, der mich langsam einhüllt. Mich und die Vergangenheit auch. Bis zu dem Abend, an dem ich am Fenster stand und den vorbeihuschenden Masken in der Grünangergasse nachschaute. Dann klingelte es, und Atti stand vor der Tür. Aber schon wird er unscharf, schemenhaft, ertrinkt im Nebel.

„Vielleicht doch", sage ich und meine Stimme klingt ganz fremd. „Kann ich vielleicht doch einen Drink haben? Irgendeinen." Ohne einen Schluck Brandy, mit oder ohne Gift, ertrinke ich selbst noch im Nebel, löse mich einfach auf. Und was mache ich dann?

Was mache ich ohne mich? Und noch während ich das denke, stürzt krachend eine Mauer in meinem Kopf ein. Ich hab nicht gewußt, daß es eine Mauer in meinem Kopf gibt. Aber jetzt, wo sie sich in Schutt und Staub verwandelt hat, gibt sie den Blick frei auf eine Szenerie, die mir ebenso selbstverständlich wie verblüffend erscheint. Und blitzartig begreife ich, warum ich die Erinnerung daran dreifach versiegelte.

Ich stehe wieder am Gaußplatz vor der verschlossenen Tür. Ein Gespenst öffnet sie! Die lebendige Totenmaske auf dem Körper eines großen alten Mannes. Diesmal trägt er keine braune Samtjacke sondern Schwarz. Seine grauen Augen sind vom Weinen gerötet. Er ist in Trauer. Mein unerwarteter Besuch in der Nikolaigasse, der längst verstorbene Maler Harper!

„Kommen Sie wegen der Musik?“ fragt er und wartet meine Antwort nicht ab. Ich wäre ohnedies nicht imstande gewesen, eine zu geben. „Sopran? Die Leichenbestattung hat gesagt, daß Sie ein Sopran sind. Oder Mezzo?“ Ich starre ihn stumm an. „Bei Mezzo müssen wir nicht transponieren. Meine Frau hat Schubert über alles geliebt. Ich hab mir gedacht, Sie singen DER TOD UND DAS MÄDCHEN ohne Begleitung, können Sie das?“

In diesem Augenblick kommt Atti zu uns ins Vorzimmer. „Vielleicht singt das Fräulein uns ein paar Takte vor, was meinst du, Papa?“ „Das wäre sehr freundlich von Ihnen“, sagt der alte Harper und bittet mich ins Wohnzimmer. „Sehen Sie?“ Und er zeigt auf ein großes goldgerahmtes Bild an der Wand. Unter einer Trauerweide sitzt eine nackte schöne Alice Harper, und ein viel jüngerer Mann hat seinen Löwenkopf in ihren Schoß gelegt. Aber das ist ja Schapira!

Der alte Harper hat sich abgewendet. Seine Stimme ist von Tränen erstickt, als er sagt: „Das war meine Frau.“ „Mama war lange krank“, sagt Atti. „Aber obwohl es eigentlich eine Erlösung war . . .“ Er tritt zu seinem Vater und legt ihm eine Hand auf die Schulter. „Sie hat keine Schmerzen mehr“, murmelt er. „Endlich keine Schmerzen mehr. Singen Sie jetzt?“

Der Film ist gerissen, ich sitze wieder in Schapiras Kanzlei. „Sie sind aber blaß, Kindchen“, sagt er. „Ich wollte Ihnen doch keine Vorwürfe machen. Aber länger kann ich jetzt wirklich nicht warten. Selbst ein abenteuerlustiger junger

Mann verschwindet nicht für so lange Zeit, ohne wenigstens eine Nachricht zu geben. Und Atti ist nicht einmal abenteuerlustig, im Gegenteil. Ein viel zu Stiller. Die Damen finden ihn, fürchte ich, langweilig. Also ich muß jetzt die Abgängigkeitsanzeige erstatten. Sie können selbstverständlich weiter Ihr Glück versuchen ..."
Ich halte etwas in der Hand. Ein Glas. Dankbar trinke ich es in einem Zug leer. Was, um Himmels willen, war das vorhin? Erinnere ich mich an etwas, das nie geschah?
„Gut", sage ich und stehe ganz benommen auf. „Die Detektei Luna, also ich werde weiter versuchen ..." Schapira nickt, und ich gehe.
Wie eine Schlafwandlerin gehe ich. Wenn ich nur nirgends abstürze ...

DIE PILGER

Nein, nicht nach Haus! Ich gehe jetzt auf keinen Fall in die Nikolaigasse zurück. Wer weiß, wer diesmal vor meiner Tür sitzt? Und ob Rawuzl sich nicht in einen Tiger verwandelt hat?
Ohne auf die Straßen zu achten, spaziere ich durch „die Stadt", wie wir unseren ersten Bezirk nennen. Alle anderen sind schon ein bißchen Land, was natürlich nicht stimmt. Jedenfalls bleibe ich irgendwann vor einer Volksschule stehen, weil aus den geöffneten Fenstern Kinderstimmen dringen. Ein ganzer Chor, offenbar sagen sie ein Gedicht auf. Wie beruhigend zuzuhören...
„Die Zeit geht nicht, sie stehet still,
Wir ziehen durch sie hin; sie ist ein' Karawanserei,

Wir sind die Pilger drin."

Kommt mir bekannt vor, denke ich, während ich weitergehe. Claudius? Nein, Gottfried Keller. Und jetzt erinnere ich mich, daß dies eins von Papas Lieblingsgedichten war. „Die Zeit geht nicht, sie stehet still, wir ziehen durch sie hin ..."

Und an noch etwas erinnere ich mich, das Papa einmal gesagt hat: „Wenn du eine ganz persönliche Frage hast und findest keine Antwort darauf, geh auf die Straße! Kann sein, daß die Worte des Erstbesten, der dir begegnet und die er zu seinem Begleiter spricht, die Antwort sind, die du suchst."

Damals kam mir das ziemlich verrückt vor. Aber wer weiß, vielleicht hatte Papa recht? Die Zeit ist die Karawanserei, wir sind die Pilger drin ... Warum geht mir das nicht aus dem Kopf? Und auf welche Frage könnte das Gedicht eine Antwort sein?

Erinnere ich mich an etwas, das nie geschah? Ja, genau. Das war die Frage, die ich mir selbst gestellt habe, als ich aus Schapiras Kanzlei auf die Straße ging.

Immerhin! Atti ist entweder der Neffe Harpers oder ihr Sohn. Und Alice, war sie Klosterschülerin oder tanzte sie Tingeltangel? Starb sie vor Harper oder lange nachher? Den schnellen oder einen langsamen Tod? Wieso kommt Harper zu mir auf Besuch, wenn er im Grab liegt? Und er hielt mich für eine von den Friedhofssängerinnen, die der Leiche ein Abschiedslied trällern. Atti wollte auf dem Gaußplatz, von dem er seit mindestens zehn Tagen verschwunden ist, eine Singprobe von mir. Manchmal ist er gar nicht verschwunden, aber dann erkennt er mich nicht.

Ich wollte, ich wäre nicht allein. Hätte ich wenigstens eine Großmutter oder einen Bräutigam! Jemanden, dem ich

dies alles erzählen könnte, und er oder sie würde mich in die Arme nehmen und sagen: „Du Dummerl!“ Und mir eine Suppe kochen oder einen Tee, vielleicht auch den Doktor rufen. Aber den Psychiater nicht! „Geh, du Dummerl ...“, sage ich zu mir selbst.
Und auf einmal habe ich eine Idee! Oder vielleicht hat die Idee mich, was sogar wahrscheinlicher ist. Ideen flattern wie Vögel herum, und wenn sie müde werden, setzen sie sich irgendwann in den Kopf.
Ich bin ohnehin keine erfolgreiche Detektivin, also ist es egal. Und Schapira zahlt fünfhundert pro Tag, plus Spesen. Aber Spesen werde ich kaum haben. Auf einmal muß ich laut lachen, und zwei oder drei Leute bleiben stehen und schauen mich an. Ist mir doch egal! Denn ich habe soeben mein normales, bürgerliches Leben beendet.
Das Abenteuer beginnt!

ABENTEUERLICHER MOND

Den Rest des Tages verbrachte ich irgendwie. Ich mußte über so vieles nachdenken. Oder vordenken. Oder versuchen, das Denken überhaupt zu verlernen. Was gar nicht leicht ist. Ein paar Heilige haben es angeblich geschafft, und die ganz großen Mystiker. Aber ich bin nur die gewöhnliche Flo Lerner, wie soll mir das gelingen?
Es ist schon Nacht, und weil jemand die Scheinwerfer, die den Stephansturm sonst beleuchten, ausgeschaltet hat, schaue ich direkt in den Mond.
Vollmond ist eine komische Zeit. Man reitet ohne Sattel, man schwebt einen Schritt über dem Boden. Nein, nicht

man. Ich. Obwohl es vielleicht auch anderen so ergeht. Jedenfalls konnte mein Entschluß nur bei Vollmond gefaßt werden. Bei Vollmond zu entgleisen, ist leicht.
Die alten, geraden Schienen des Verstandes, ich verlasse sie jetzt. Wenn ein Zug entgleist, gibt es eine Katastrophe. Ich bin zwar kein Zug, trotzdem kann ich mit allem Möglichen zusammenstoßen. Und mit allem Unmöglichen auch auf der Reise, die ich antrete und von der ich nicht weiß, wohin sie mich führt.
Ich habe beschlossen, die Wirklichkeit aufzuklären! Und nicht bloß einen Mord.
Was ich in den letzten Wochen erlebt habe, brächte Herrn Aristoteles glatt zur Raserei. Denn es widerspricht jeder Logik. Die Möglichkeit, daß ich selbst jeder Logik widerspreche, schließe ich nicht von vornherein aus.
Ich bin also nicht nur der Wirklichkeit, sondern auch mir selbst auf der Spur. Und ich verdächtige beide. Mich, verrückt, und die Wirklichkeit, kriminell geworden zu sein. Da ich aber ein Teil dieser Wirklichkeit bin und wir zusammen ein Ganzes sind, eine ebenso sonderbare wie alltägliche Einheit, erwarte ich fast eine Überraschung.
„Manchmal“, hat Papa oft gesagt, „tut es gut, sämtliche Vorurteile abzulegen wie Kleider. Wenn man nackt ist, spürt man die Welt anders. Nackt, ist man ein anderer und bewegt sich in einer anderen Welt.“
Papa war immer komplett angezogen, und nicht einmal ich erlebte ihn jemals im Negligé. Aber er hatte, wenn ich es recht überlege, einen nackten Geist. Frei von allen Moden und Gewohnheiten.
Ob es mir gelingt, die meinen abzulegen, weiß ich noch nicht. Moden, Gewohnheiten, Vorurteile - sie sind auch eine Rüstung, sie beschützen uns auf unserer Weltreise. Auch indem sie verhindern, daß wir mit dieser Welt jemals

in Berührung kommen, in direkte Berührung.
Wie merkwürdig, bin das ich? Weil ich mich nämlich kaum wiedererkenne. Solche Ideen waren mir bisher fremd. Wenn mein Leben ein Fluß ist, macht er jetzt eine Biegung. Kann sein, die Landschaft an beiden Ufern wird unvertrauter.
Papa ist mir näher und ferner zugleich als alle die Jahre zuvor. Und ich empfinde eine geradezu wilde Sehnsucht nach ihm.

MEIN PROGRAMM

Bis zum Monduntergang blieb ich wach und stellte ein Programm auf. Schriftlich! Denn gerade weil die Welt verschwimmt, brauche ich klare, deutliche Anweisungen. Daß ich sie mir selbst gebe, ist kein Nachteil. Nicht unbedingt, solang ich mir nicht mißtraue.
Also ich werde sämtlichen einander widersprechenden Informationen nachgehen und alle für wahr halten solang ich keinen Beweis für das Gegenteil habe. Mit anderen Worten, ich halte alle Attis und Harpers und so weiter für möglich, bis ich eindeutig feststelle, welcher und welche die wirklichen sind. Zu diesem Zweck werde ich mich aller legalen und illegalen Mittel bedienen.
Zunächst rufe ich die Nummer am Gaußplatz an, und tatsächlich! Ein Atti meldet sich. Ob der Erste, Zweite oder womöglich Dritte, vermag ich nicht zu sagen. Ihre Stimmen klingen alle drei gleich.
„Detektei Luna, können Sie bitte sofort zu mir kommen? Es geht um Leben und Tod.“ Keine Antwort. Ich gebe die

Adresse an und lege auf. Die nächste Nummer ist die von Schapira. Die weißhaarige Ringerin will meinen Anruf zuerst nicht durchstellen, aber ich maße mir die Autorität an, die ich eigentlich gar nicht habe. Bis auf „Leben und Tod“ sage ich Schapira denselben Spruch auf. „Es geht um die Vermeidung eines Skandals.“ Meinem Inspektor möchte ich am liebsten die Wahrheit sagen, aber kenne ich sie? „Bitte kommen Sie schnell“, sage ich. „Bitte!“

Dann frühstücke ich mit Rawuzl, und entschieden hat er den größeren Appetit. Schapira kommt, obwohl er den kürzesten Weg hat, als letzter. Hanno und Atti klingeln so gut wie gleichzeitig an meiner Tür.

Obwohl ich gewissermaßen doppeltes Herzklopfen habe, bleibe ich ruhig und kühl. „Wir haben ein gemeinsames Problem“, sage ich, „und gemeinsam können wir es vielleicht lösen.“ Atti sitzt wieder im blauen Fauteuil und Hanno, diesmal, auf dem Hocker vor dem Klavier, auf dem Papa so gern Gustav Mahler spielte. Und wieso eigentlich Mahler? „Wieso eigentlich Mahler?“ frage ich, und zu meiner eigenen Überraschung, laut. „Wußten Sie, daß Papa ... daß Ihr Doktorvater Mahler geliebt hat?“

„Selbstverständlich“, sagt Atti. „Die ganze Fakultät hat sich gewundert. Wenn er noch Germanist gewesen wäre oder Kunsthistoriker. Andererseits liebt ihn Stephen Hawking auch. Unbegreiflich!“ Seine grauen Augen sind überhaupt nicht schüchtern, sie blicken geradezu hart nach Cambridge und ins Grab, weil er natürlich nicht wissen kann und darf, daß Papa noch lebt.

„Ich kann nicht ganz folgen“, mischt Inspektor Hanno sich ins Gespräch. „Warum darf ein Physiker und Mathematiker Mahler nicht lieben?“ Alle Achtung! Nicht zum ersten Mal stelle ich fest, daß ich Lenz unterschätzt habe. Und dabei fällt mir ein, daß ich die beiden einander vorzustellen ver-

gaß. Unpassenderweise hole ich es jetzt nach. Hanno scheint keineswegs überrascht, Atti hingegen verärgert zu sein.
„Warum haben Sie mich eigentlich herzitiert?" fragt er ungehalten. „Und um wessen Leben und Tod soll es gehen? Bitte beeilen Sie sich, ich komme ohnedies schon zu spät in die Kanzlei."
Die Klingel enthebt mich der Antwort. „Was für ein Skandal?" fragt Schapira und tritt ein, ohne mich zu begrüßen. „Ah, da sind Sie ja!" Er übersieht den Inspektor und lächelt Atti kurz und knapp zu. „In einer halben Stunde fängt der Prozeß Bartram an, ich schlage vor, wir besuchen die schöne Dame ein anderes Mal."
Spricht er von mir? Das ist nicht gut möglich. Aber schon drängt er Atti vor sich her und hinaus aus dem Zimmer. „Doktor Schapira!" rufe ich, und er dreht sich nicht einmal um. „Wir telefonieren", murmelt er noch und ist, samt Atti, verschwunden.
Wie der Mond am Himmel verschwunden, und wie mein klares, hartes Programm. Ich habe mich wohl überschätzt? Weltdetektiv und entgleisen. Wo sind die nächsten Schienen? Ich stelle mich mit Dankestränen darauf und bete ein Vaterunser.
„Was wollten Sie eigentlich", fragt mein Inspektor, „und was ist stattdessen passiert?" „Sie kennen Hawking?" frage ich statt einer Antwort. Und er: „Wer kennt ihn nicht? Ein Genie. Daß er nicht an Gott glaubt, macht natürlich viele betroffen." Das gibt den Ausschlag. Auch wenn ich Hawking nicht gelesen habe, hat Papa mir genug über ihn erzählt. „Ich glaube nicht an Ihre Geister", sage ich. „Aber ich glaube auch nicht mehr an den gesunden Verstand. Denn wie ist es möglich, daß die Menschen mir doppelt und dreifach erscheinen?"

Im Moment scheint er darauf auch keine Antwort zu wissen. Aber die Ratlosigkeit, mit der er mich anschaut, ist sehr lieb. „Ich auch?“ fragt er. „Bin ich Ihnen auch dreifach erschienen? Oder wenigstens doppelt?“

Bis zur Übermütigkeit bin ich auf einmal erleichtert. „Nein“, sage oder vielmehr juble ich, „Sie nicht!“ „Na also“, sagt er. Das ergibt zwar keinen Sinn, ist jedoch überaus tröstlich. „Dann ist vielleicht alles nicht wahr?“

„Was“, fragt er, „ist nicht wahr?“ Da erzähle ich ihm alles, was er noch nicht weiß. Auch mein Programm. Und während ich es erzähle, löst es sich auf wie Farbe im Wasser. Ich kann kein falsches Bild der Wirklichkeit malen und ein richtiges auch nicht.

„Was haben Sie“, fragt er, „warum weinen Sie denn?“ „Ich weine doch gar nicht“, schluchze ich. „Ich weine nie!“ Klar muß er mich jetzt küssen, da mache ich mir nichts vor. Das hätte jeder halbwegs nette Mann auch getan. Ich warte einfach ab, bis es vorbei ist. Um ein Haar hätte ich mich bei ihm bedankt.

„Liebe Flo“, sagt er, „die Welt ist viel seltsamer, als wir in unseren verrücktesten Phantasien annehmen. Aber warum sollte uns das Seltsame Angst machen? Furchterregend ist das Normale.“ Hätte er nicht sein Pendel aus der Tasche gezogen, ich hätte mich womöglich mit ihm verlobt.

„Wenn du willst“, sagt er, „können wir die Toten befragen. Die Lebenden auch, da es zwischen einem toten und einem lebenden Muster keinen Unterschied gibt. Ich meine, prinzipiell.“ „Was“, frage ich, „ist ein Muster?“ Er streicht mir mit zwei Fingern das Haar aus der Stirn. „Der gebräuchliche Name dafür“, sagt er, „ist Seele.“

Nein, ich will keine Muster befragen, tot oder lebendig. Allein die Vorstellung verursacht mir Gänsehaut. Hoffentlich nimmt der Vollmond bald wieder ab!

DIE LEICHE

Wie der gestrige Tag zu Ende ging, ist völlig belanglos. Auch der Mond interessiert mich nicht mehr, voll oder nicht. Und von mir aus muß die Sonne nie wieder aufgehen!

Etwas Gräßliches ist passiert. Atti ... Ich meine der Erste, mein Atti. Aber vielleicht, wenn ich es nicht aufschreibe, ist es nicht wahr? Wenn ich weder darüber rede noch daran denke, ist es gar nicht geschehen. Bilden wir uns nicht dieses ganze Leben nur ein?

Auch den Tod. Eine Einbildung, weiter nichts. Was bedeutet es schon, daß Atti im Leichenschauhaus liegt? Seit wer weiß wann und in einer Kühltruhe wie gefrorener Fisch. Schapira hat heute früh angerufen. „Ihr Auftrag ist hiermit beendet, Sie können Ihren Scheck abholen." Da verstand ich noch nichts. Aber natürlich hoffte ich, hoffte sehr! Wenn ich gleich hinginge, würde Attis schäbiger schwarzer Mantel auf dem Kleiderhaken hängen. Und wenn nicht, gäbe es für eine Enttäuschung auch einen Grund. Es war ja Frühling geworden.

Selbstverständlich bin ich gleich hingegangen. Eigentlich lief ich und stieß an der Ecke mit einer jungen Frau zusammen. Schwarze Haare, schwarze Kappe, schwarze Hose. Schwarzer, eng taillierter Mantel, weißer Seidenschal. Einen Moment lang starrten wir einander an. Woher kannte ich sie nur, kannte sie sogar gut?

Ich wollte keine Zeit verlieren. Murmelte eine Entschuldigung und rannte weiter. Als ich mich dann doch umdrehte, war sie verschwunden.

Schapira begrüßte mich ohne Lächeln. „Die Kriminalpolizei wird Sie verhören", sagte er. „Sie waren, scheint es, die letzte, die ihn lebendig sah."

Falls er mir einen Schock versetzen wollte – der Schock blieb aus. Er würde, das wußte ich, später kommen und heftig sein. Vielleicht sogar sehr heftig. Gibt es Liebe auf den ersten Blick? Es muß sie wohl geben. Aber im Moment war ich vollkommen ruhig. Im Zentrum des Zyklons, dachte ich flüchtig. „Die Abgängigkeitsanzeige?" frage ich. Schapira nickt. „Vorher wußten sie nicht, wer er war. Eine Spaziergängerin hat ihn im Augarten gefunden. Genauer gesagt, in dem Flakturm, der noch vom letzten Krieg her dort steht." Ich erinnere mich an den Turm. Gewaltig und häßlich. „Da war er schon tot?" „Längst! Genau kann man es nicht mehr sagen. Der Gerichtsmediziner vermutet, es ist irgendwann in der Nacht auf Aschermittwoch passiert. Erwürgt. Er ist erwürgt worden."

Schapira wird von einem plötzlichen Hustenanfall geschüttelt. Nach Luft ringend, hält er sich ein rotseidenes Taschentuch vor den Mund.

„Sie haben ihn identifiziert?" Noch immer keuchend, nickt er. „Vor einer Stunde. Es gibt sonst niemanden. Er hatte noch seinen Mantel an. Das Gesicht ..." Er verstummte. Ich hörte das Ticken der Wanduhr. „Nur die Brille fehlte", fuhr er fort. „War es der schwarze Mantel? Graue Wollhandschuhe, grauer Wollschal." Schapira sah mich scharf an. „Mit dem Schal wurde er erdrosselt", sagte er kurz.

Ich war ein lebendiger Automat. Oder ein toter, macht es einen Unterschied aus? Ich fühlte nichts, überhaupt nichts. „Die Spaziergängerin, was wollte sie in dem Turm? Sind solche Türme nicht verschlossen?" „Normalerweise schon. Dieser war es jedenfalls nicht. Sie hätte, sagt sie, eine Katze schreien gehört." „Eine Katze?" „Ja, und da schaute sie nach. Eine Tierfreundin offenbar."

Faschingsdienstag abend. Atti klingelt zum ersten Mal an meiner Tür. Und zum letzten Mal auch. Ich erinnere mich,

Rawuzl sprang mit einem Satz vom Schrank und war gleich darauf im Stiegenhaus verschwunden. Atti und ich jagten die Treppen hinter ihm her. „Ich habe auch eine Katze.“ Das war sein erster Satz. Die ersten Worte, die ich von ihm hörte.

„Und? Hat sie die Katze gefunden?“ „Angeblich ja. Sie war völlig verschreckt. Hat gekratzt und gebissen. Jedenfalls lebte sie noch. Ratten und Mäuse, nehme ich an. Muß es massenhaft geben in so einem Turm. Und jetzt, Kindchen, nehmen Sie Ihren Scheck.“

Ich schäme mich, daß ich ihn nahm. Und schwor mir zugleich, ihn zu verdienen. Schwor Atti und mir. Dann ging ich wie ein Stein in die Nikolaigasse zurück.

Ich weiß schon, daß Steine nicht gehen. Aber ich fühlte mich so. Wie ein Stein eben, obwohl man sich täuschen kann. Denn was wissen wir wirklich von Steinen?

Kann sogar sein, daß sie gehen. Langsamer natürlich als wir. Wenn sie jede Million Jahre nur einen einzigen Schritt machen, glauben wir natürlich, sie stehen still. Aber Steine erleben Zeit vielleicht anders als wir. Auch Mücken, Mammutbäume und Elektronen. Man kann die Längen ihres Lebens nicht miteinander vergleichen. Ihre Uhren, obwohl sie keine haben, gehen nicht so wie unsere.

Zu Hause schaue ich sofort in Papas Bibliothek nach. Er hat massenhaft Bücher über die Zeit, und ich schlage das erste im Regal auf. Papa hat jedes Buch mit einem Bleistift gelesen. Kriminalromane natürlich nicht. Wissenschaft! An die Ränder hat er dünne oder dickere Striche gemacht, je nachdem. Auch Rufzeichen, wenn er etwas besonders bemerkenswert fand.

„Der Fluß der Zeit“, lese ich, „besteht aus einer sich fortwährend ändernden Gegenwart.“ Dicker Strich, kein Rufzeichen. „Zeit ist ein Teil unseres Verstandes, eine Art der

Weltwahrnehmung." Dicker Strich, und an den äußersten Rand schrieb Papa: Kant!
Ich suche die Seiten kreuz und quer nach dem ersten Rufzeichen ab. Endlich finde ich es. Drei Rufzeichen sogar, nebeneinander: „Für das Photon hat das Vergehen der Zeit keine Realität. In seiner Welt gibt es nichts ..." Moment, was ist ein Photon? Ich schlage in Papas Lexikon nach. „Lichtquanten. Elementarteilchen des Lichts, die den korpuskularen Charakter der elektromagnetischen Strahlung repräsentieren." Also ich verstehe immer nur Bahnhof. Aber irgendwas mit dem Licht hat es wohl zu tun.
„Für das Photon hat das Vergehen der Zeit keine Realität. In seiner Welt gibt es nichts, was Zukunft-Vergangenheit-Gegenwart oder vorher-nachher entspricht. Seine Umwelt ist azeitlich. Im Leben des Photons sind alle Ereignisse gleichzeitig."
Habe ich das verstanden? Nein, ich glaube nicht. Und es ist mir auch vollkommen gleichgültig. Denn auf einmal liegt mein Kopf auf Papas Buch, und meine Tränen weichen sämtliche Photonen, was immer sie sein mögen, total auf. Sogar Papas Rufzeichen und Striche.
Ich glaube, ich habe zwei Stunden lang pausenlos geweint. Dann kam Rawuzl und strich mir mit dem Pfötchen über die Schulter. So lang, bis ich ihm in die goldenen Augen schaute. „Ich habe Hunger", las ich darin.
Während ich ihm sein Mittagessen - Sardinen mit Vollkornnudeln - servierte, dachte ich an die andere Katze. Die Katze im Flakturm. Attis Katze vielleicht?

DAS VERHÖR

Ausgerechnet Hanno Lenz! Und natürlich war es kein Zufall, sondern er hatte darum gebeten. Da er bereits mit der Materie einigermaßen vertraut wäre und so weiter. Man übertrug ihm den Fall mit Vergnügen. Was bedeutet, daß man an einer raschen Aufklärung zweifelte und Ärger mit der Presse voraussah.

So saß ich ihm also wieder in seinem oder eigentlich Dudas Büro gegenüber, und wie nach einer geheimen Verabredung sagten wir Sie zueinander und vermieden jede Vertrautheit in Blick und Ton. Irgendwer, auf den ich nicht sonderlich achtete, tippte meine Aussage. Später würde ich sie dann unterschreiben.

Ich brauche hier nicht alles noch einmal zu erzählen. Allerdings befragte der Gruppeninspektor mich nicht nach meinen Begegnungen mit Atti dem Zweiten und Dritten, und auch ich selbst brachte nicht die Rede darauf. Wir hielten uns beide strikt an die Welt jedermanns, in der so etwas nicht passiert. Auch die Stimme der toten Tante auf dem Tonband unterschlugen wir.

Oder soll ich es doch aufschreiben? Der Verständlichkeit halber. Den von sämtlichen Anomalien und Verzerrungen gereinigten Fall, wie er nun in die Öffentlichkeit eingehen wird.

Atti Harper, ein Student von Papa, wird mein erster Klient. Seine Tante Alice Harper ist plötzlich verstorben, der Arzt stellte Herzversagen fest. Aber Atti hörte zur Todeszeit einen Schrei. Er übergibt mit die Schlüssel zur Wohnung der Toten. Er hätte, sagt er, noch etwas vor, doch würden wir uns eine Stunde später im ‚Grünen Anker' treffen. Er kommt nicht. In der gleichen Nacht wird er im Flakturm des Augartens erwürgt oder, als Leiche, dort versteckt. Gemeinsam mit Inspektor Lenz stelle ich die Theorie auf, daß Alice Harper, indem man sie dem Schock einer fremden Maske aussetzte, ermordet wurde. Eine Maske zur Faschingszeit fiel nicht auf in der Stadt. Der Neffe und Alice Harpers Anwalt waren die einzigen, die Schlüssel zu ihrer Wohnung besaßen. Sie sind zu gleichen Teilen als Erben eingesetzt. Das Vermögen stammt von ihrem verstorbenen Mann, dem berühmten Maler. Alice Harper war für den nächsten Vormittag in der Kanzlei angesagt, um ihr Testament zu ändern.

Doktor Schapira engagiert mich, den verschwundenen Atti zu suchen. Die Polizei will er noch nicht hinzuziehen.

Es gelingt mir, als Beweis für die Theorie des Maskenmords die Totenmaske des Malers in Schapiras Wohnung zu fotografieren. Sie hängt über einer afrikanischen Kultmaskensammlung gewissermaßen als Fremdkörper an der Wand. Als ich zwei Tage später Inspektor Lenz die Fotografien der Maske zeigen will, sind sie verschwunden.

Dr. Schapira macht sich plötzlich Sorgen um seinen Sekretär Atti, der möglicherweise auch sein außerehelicher Sohn ist, und erstattet die Abgängigkeitsanzeige. Atti wird, mit seinem grauen Wollschal erdrosselt, im Flakturm gefunden und von Schapira identifiziert. Ich bin entlassen.

Ende! Alles übrige ist für einen Polizeibericht viel zu phantastisch. Ein Fall für die Privatdetektei Luna und niemanden sonst.

„Wer ist die Frau, die ihn gefunden hat?“ Der Inspektor überhört meine Frage und schickt den Mann, der meine Aussage getippt hat, um Kaffee. „Für uns alle drei!“ ruft er ihm nach. Und dann, leise: „Sie heißt Lucy Williams. Eine englische Trompeterin. Sie hat die Nachbarwohnung vorübergehend gemietet. Für drei Monate genau. Und ist erst unlängst eingezogen. Etwa um die Zeit, in der Atti ..." Er starrt aus dem Fenster, vor dem er außer einer grauen Hausmauer nichts sieht, und zupft ein paarmal kräftig an seinem rechten Ohrläppchen. „Glauben Sie", fragt er, „daß da ein Zusammenhang besteht?"

„Ich weiß nicht", sage ich wahrheitsgemäß. „Ich glaube, daß ich überhaupt nichts mehr weiß. Gestern saßen Sie mit Atti bei mir in der Nikolaigasse, aber da war er längst tot." „Ich saß mit Atti ...?" Und er schaut mich erstaunt an.

Ich trinke meinen Kaffee und renne davon.

FRÜHSTÜCK MIT FOLGEN

Auf den Gaußplatz renne ich, wohin sonst? Und es ist gar nicht die Nachbarswohnung, sondern eine darüber. Sicher hat der Mann in Uniform falsch getippt. Auch mit dem Kaffee war er unverschämt schnell wieder da. Wir konnten uns nicht einmal miteinander verabreden, Hanno und ich.

Die Dame, die mir die richtige Tür öffnet - an der falschen war ich schon - schaut überhaupt nicht englisch aus. „Sie spielen Trompete?" Sie sieht aus wie vierzig, aber jetzt lacht sie. Wenn sie lacht, sieht sie aus wie knapp dreißig. „Nicht einmal Klavier! Ich bin doch die Linde Waber." „Was! Die Malerin?" „Möchten Sie Bilder anschauen?" fragt sie freundlich und läßt mich ein.

Bäuerlicher Jugendstil, gibt es sowas? Damit ist ihr Atelier eingerichtet. Schiefe Wände sind immer gemütlich, aber hier fühle ich mich wie ein Ei, das der Kuckuck in ein fremdes Nest gelegt hat. Ein Zaubernest! Ich möchte noch lange nicht ausschlüpfen. Oder gar fortfliegen, nein, auf gar keinen Fall.

„Haben Sie schon gefrühstückt?“ fragt Linde Waber. „Ich frühstücke gern spät.“ Und sie bringt ein Tablett voller Köstlichkeiten herein. Wieso kann man weinen und trotzdem Hunger haben? Die Essigzwetschken machen mich ganz verrückt.
Aus lauter Dankbarkeit schaue ich mir dann ihre Bilder an. Aber wie gut schmecken sie meinen Augen! Da ist ein Garten, den sie malt, immer wieder. Nicht der Augarten mit dem Flakturm. Sondern einer, der verwunschen und voll von Geheimnissen ist. Sie spielt auf der Skala des Lichts, denke ich. Und höre ihre Bilder wie Musik.
Aber jetzt muß ich endlich nach Lucy Williams fragen, der Trompete blasenden Mörderin. Nein, warum hab ich das jetzt gedacht? Sie hat eine Katze gerettet. Also kann sie unmöglich ein böser Mensch sein. Andererseits macht sich, wer eine Leiche findet, immer verdächtig.
Ich finde mich sehr klug, ja sogar raffiniert, als ich unschuldig frage: „Ist ein Zimmer in diesem Haus frei? Ich suche eins, und die Gegend gefällt mit.“ „Es gehört mir, zur Hälfte. Das Haus.“ Linde Waber lächelt bescheiden. Ihr Mund ist ein ganz kleines bißchen schief, was ebenso reizend ist wie gewisse Silberblicke. Sie ist eine zierliche brünette Person.
„Und Sie hätten ein Zimmer?“ „Schon, aber das ist an eine Engländerin vermietet. Sie spielt übrigens Trompete.“ Linde Waber unterdrückt einen Seufzer. „Wahrscheinlich haben Sie Lucy gehört und geglaubt, das bin ich. Eine Wohnung ist wohl zu groß?“
Welcher Teufel reitet mich, daß ich nein sage? „Nein, wieso?“ „Also eine Wohnung ist gerade frei geworden“, sagt sie und geht nicht auf die näheren Umstände ein. Wir einigen uns über den Preis. Er ist freundlich wie alles hier. Damit habe ich eine Entscheidung getroffen. Ich werde aus der Nikolaigasse ausziehen und hier ein, am Gaußplatz.

Das habe ich vor fünf Minuten noch nicht gewußt.
„Kann ich morgen einziehen?“ frage ich. „Also ich weiß nicht.“ Die halbe Hausbesitzerin wird ganz verlegen. „Ich sag es nicht gern, aber der vorige Mieter ... Noch eine Essigzwetschke?“ „Ja, gern.“ „Er ist, fürchte ich, umgebracht worden. Und die Polizei ... Aber es dauert nicht lang, ganz bestimmt nicht. Sie haben doch keine Angst?“
„Nein“, lüge ich. „Als dreifache Judo-Meisterin?“ Wir führen noch die üblichen Gespräche. Als Beruf gebe ich Schriftstellerin an, da fällt es nicht auf, wenn man sich komisch benimmt.
„Diese Trompeterin, wohnt sie hier?“ „Im Terrassenzimmer“, sagt sie. „Da werden Sie sie kaum hören.“ „Ist sie da?“ „Ich glaube nicht. Aber ich kann ja nachschauen.“ Ich gehe ihr nach. Als sie die Tür zum Zimmer der Engländerin öffnet, schießt eine kleine rote Katze heraus.
„Nein, leider“, sagt meine zukünftige Hausfrau. „Aber Sie lernen sie bestimmt kennen. Und wenn die Musik sie stört ...“ Besorgt gibt sie mir ein Glas Essigzwetschken mit auf den Weg.

EIN FREUND IST UNTERWEGS

„An Ort und Stelle Nachforschungen anstellen, ohne daß jemand es merkt – du bist die geborene Detektivin!“ Wir sitzen zu dritt in der Küche, Hanno, Rawuzl und ich. „Es ist natürlich verrückt“, schwäche ich sein Lob ab. „Total!“ Und er nickt überzeugt. „Aus Verrücktheit tut man oft die vernünftigsten Dinge. Unvernünftig wäre es allerdings, diese Wohnung hier aufzugeben.“

Das hab ich mir selbst schon gesagt. Aber zwei Mieten? Ich schaffe knapp eine. Hanno hört, scheint es, nicht nur tote Stimmen. Er kann auch Gedanken lesen. „Für die Nikolaigasse hätte ich vielleicht einen Zimmerherrn, oder wie man das nennt. Jemand, der für kurze Zeit etwas in der City sucht.“ „Ein Bekannter von dir?“ „Nicht von mir. Von meinem Vorgänger, deinem alten Freund Duda. Zufällig haben wir in den letzten Tagen ein paarmal miteinander telefoniert.“

Augustin Duda, mein Schutzengel. Gerührt denke ich an ihn. „Ist er noch immer auf Hochzeitsreise?“ „Ja, und die dauert womöglich noch lang. Aber er kennt jemanden, der Wien einen Besuch abstatten möchte.“ „Der Betreffende, ist er in Ordnung?“ „Also hör einmal, wenn ein Oberrat von der Kriminalpolizei ihn empfiehlt ...“ „Gut, einverstanden. Er übernimmt, solang ich fort bin, hier die Miete.“ „Soweit ich verstanden hab, zahlt er gerne auch mehr.“ „Hurra!“ sage ich. „In diesem Fall lade ich dich auf der Stelle zum Essen ein.“ „Angenommen“, und er macht eine kleine Verbeugung.

„Nein, nicht in den ‚Grünen Anker'“, sage ich, als Hanno auf ihn zusteuert. „In den ‚Grünen Anker' will ich nie wieder gehen!“ „Schmeckt dir das Essen nicht mehr?“ „Das Essen ist mir egal“, sage ich, obwohl das nicht ganz stimmt. „Aber ich glaube, daß er ein schwarzes Loch ist.“ „Ein was?“ „Ich erklär es dir später. Kennst du kein anderes Lokal?“ „Den ‚Kern' in der Wallnerstraße“, sagt er. „Aber um einen Platz zu bekommen, braucht man Protektion.“ Hanno hat sie offenbar. Denn der Wirt begrüßt ihn erfreut. Er führt uns an einen kleinen Ecktisch im Stüberl. Eigentlich ist das ganze Lokal klein. So gemütlich! Mit dunklem Holz getäfelt, und darüber eine Vergißmeinnichttapete. Das scheint nicht nur mir zu gefallen, denn das Restaurant ist bumvoll. Kein Restaurant eigentlich. Ein richtiges Beisl, wie es sie früher gab, und jetzt sterben sie aus. „Wenn es nicht ausstirbt“, sage ich, „gehen wir immer hierher. Ich meine, wenn es noch dazu gut ist.“

Leicht irritiert schaut Hanno mich an. „Wer, meinst du, stirbt aus? Und wenn du vom Essen sprichst, da wirst du deine Wunder erleben!“

Ich hab sie erlebt. Rahmsupperl, Erdäpfelpuffer und Rhabarberstrudel. Seit ich in Trauer bin, heimlich in Trauer, esse ich unentwegt. Und mit so viel Vergnügen, daß ich mir wie eine Verräterin vorkomme. Einfach charakterlos, Atti liegt schließlich im Kühlfach.

„Was“, fragt mein Inspektor, „hast du gemeint mit dem schwarzen Loch?“ „Ach, nichts Besonderes.“ Ich muß erst überlegen, was ich mir von Papas Geschichten gemerkt habe. „Wann, glaubst du, kann ich am Gaußplatz einziehen?“ „Übermorgen. Ich sorge dafür, daß wir die Wohnung freigeben.“

Wir prosten einander zu. „In einem schwarzen Loch kann alles passieren. Die Naturgesetze gelten nicht mehr. Eine Brücke, verstehst du? So ein schwarzes Loch kann die Brücke zu einer anderen Welt sein.“

„Ich habe darüber gelesen.“ Skeptisch schaut Hanno mich an. „Allerdings hat keiner der Physiker und Kosmologen den ‚Grünen Anker‘ erwähnt.“ Jetzt lachen wir beide. Trotzdem! War der ‚Grüne Anker‘ nicht wie eine Drehtür, durch die ich in andere Wirklichkeiten geriet? Aber das sage ich lieber nicht.

DIE ROTE KATZE

Der Einzug am Gaußplatz war furchtbar. Rawuzl hat sich aufgeführt, als wäre ich der Teufel persönlich und beförderte ihn geradewegs in die Hölle. Als er nach drei Stunden endlich bereit war, seinen Korb zu verlassen, pfauchte er mich erbost an und verschwand unterm Schrank. Weder die Milch, noch den Thunfisch rührte er an. Was ich ihm auch an Leckerbissen hinschob, er wendete beleidigt seinen dicken Katerkopf ab.

Irgendwann kam die liebe Linde Waber und entschuldigte sich, daß noch immer die alten Möbel in der Wohnung herumstanden. Ob es mir etwas ausmachte? Attis Möbel! Mit nur mühsam unterdrückter Begeisterung erklärte ich mich bereit, sie stehenzulassen.

Übrigens waren es haargenau dieselben wie bei Atti dem Zweiten und Dritten.

Ich untersuche systematisch die Wohnung. Vorzimmer, Bad, Kochnische. Und der Raum, in dem wir Kaffee tranken, er noch immer im Pyjama, aber erkannt hat er mich nicht. Der Raum, in dem er mich aufforderte, das gewisse Grablied zu singen. Ein fünfeckiger Raum. Ich spüre direkt, wie mir die Haare zu Berg stehen, wenn ich daran denke. Zum Glück hängt wenigstens die goldgerahmte nackte Alice unter der Trauerweide nicht an der Wand.

Das Vorzimmer gibt nicht viel her. Schließlich habe ich den wirklichen Atti – falls die anderen überhaupt unwirklich sind – nur einmal gesehen. In dem Gewand, in dem er ermordet wurde. Natürlich sind mir seine anderen Sachen im Garderobenschrank völlig fremd. Ich greife in alle Taschen, klar tue ich das. Aber außer Schnupftüchern, Bleistiftstummeln und ein paar Münzen finde ich nichts.

Im Bad erfahre ich nur, daß er sich mit Zitronenseife wusch und elektrisch rasierte. Die Zahnbürste ist extrahart.
Die Kochnische verrät, daß Atti gewohnt war, für sich selbst zu sorgen. Jede Menge Fertigsuppen im Sackerl, dazu ein paar Dosen mit Würstchen. Aber das Geschirr ist blitzsauber.
Schon merkwürdig, wenn man sich das Leben eines Toten vorstellt. Ich stehe vor seinem Bett. Prüfe es mit den Händen. Die Matratze ist auch extrahart. Über das weiße Bettzeug ist eine bunte Flickendecke gebreitet, gelb, blau und rot. Ganz hübsch, sogar sehr. Unerwartet fröhlich. Die muß ihm jemand geschenkt haben, denn auf allen anderen Dingen im Raum liegt, dünn wie Staub, Traurigkeit. Das erinnert mich an seine Tante, die vielleicht seine Mutter war. Sie hat auch kein bißchen heiter gewohnt.
Ich eigentlich auch nicht, wenn ich es recht überlege. Lauter melancholische Wohnungen. Dagegen ist die Linde Wabers einfach übermütig!
Während ich aus dem Fenster schaue, stelle ich mir vor, wie es wäre, in einer heiteren, übermütigen Wohnung zu leben. Sobald ich einen neuen Fall löse - ich meine einen, der auch bezahlt wird! - richte ich mich neu ein. In allen Regenbogenfarben! Schließlich kann ich die Möbel selbst anmalen, dann ist es nicht teuer. Ich brauche nicht einmal neue. Wenn die alten erst einmal dottergelb sind und wiesengrün und blau wie der Himmel ... Ein bißchen Rot können sie schon vertragen, zum Beispiel der Küchentisch. Kirschrot. Außer ein paar Pinseln und Farbtöpfen ist weiter nichts nötig, es geht also auch ohne Fall.
Ein Wimmern an der Tür reißt mich aus innenarchitektonischen Träumen. Als würde ein Kind klagen und weinen. Natürlich schaue ich sofort nach. Tränen zu trocknen, ist geradezu eins meiner Hobbies.

Nein, kein Kind. Oder doch eins? Jedenfalls rast es auf vier Pfoten zwischen meinen Beinen hindurch in die Wohnung. Die rote Katze. Attis Katze!
Als täte sie es zum tausendsten Mal, springt sie auf das Bett und rollt sich ein. Ich horche, ob sie auch schnurrt. Nein, tut sie nicht. Also vermißt auch sie Atti.
Behutsam nähere ich mich dem Bett. Vielleicht kratzt sie mich, wenn ich sie streichle? Doch sie läßt es einfach zu, ohne Angst oder Freude zu zeigen. Eine kleine einsame, ziemlich entmutigte Katze. Bestimmt gefällt es ihr nicht, wenn ihr dauernd wer Trompete in die Ohren bläst. Ob Rawuzl sich nicht längst nach Gesellschaft sehnt?
Scheint nicht der Fall zu sein, denn unterm Schrank faucht und grollt und zischt es gewaltig. Die Rote springt auf und macht einen Buckel. Da ist er schon über ihr auf dem Bett, mein Rawuzl, und beißt sich fest. Ist das ein Geschrei! Schnell hole ich einen Topf kaltes Wasser aus der Küche und begieße die beiden. Sie schütteln sich erstaunt, hopsen vom Bett und verziehen sich in die zwei entferntesten Ecken des Zimmers. Ich werde heute nacht nicht ganz trokken schlafen.
Trotzdem ist mein Entschluß gefaßt. Eisern. Sie ist, das habe ich beim Streicheln gesehen, ein Mädchen. Selbstverständlich lasse ich sie irgendwann sterilisieren. Aber kann es für einen schwarzen Kater etwas Schöneres geben als eine rote Katze? Er wird mir noch dankbar sein!
Statt meinen Forschungen weiter nachzugehen, weshalb ich eigentlich hier bin, spiele ich Heiratsvermittlerin. Ziemlich mühselig, wenn der Bräutigam die Braut einfach nicht ausstehen kann. Jetzt sitzt nämlich die Rote unterm Schrank, während Rawuzl sich aufrichtig bemüht, sie mit Ohrfeigen zu traktieren. Da der Schrank auf niedrigen Beinen steht, ist das gar nicht so leicht. „Jede große Liebe

fängt mit einer kleinen Abneigung an“, sage ich schalkhaft. „Sheridan“. Rawuzl hört mir nicht einmal zu. Mit Zitaten, fürchte ich, kriege ich die Situation nicht in den Griff. Erst als ich eine Milchschüssel vor sie hinstelle, drängen beide ihre Köpfchen gierig aneinander, das rote und schwarze, und die kleinen Zungen schlecken im Takt. Ich wünschte, Atti könnte zuschauen.

Aber vielleicht kann er es ja. Ich hab nie geglaubt, daß die Toten wirklich tot sind. Nur würde ich ihre Stimmen lieber direkt hören, im Herzen meinetwegen. Aber nicht auf Kassetten! Das kommt mir so absurd vor. Andererseits ist eigentlich alles absurd, das ganze Leben. Und der Tod wird kaum eine Ausnahme sein.

Ich stelle das Katzenklo auf einen verlockenden Platz, nämlich mitten ins Zimmer, und träufle Baldriantropfen hinein. Ein Jammer! Obwohl die Akazienbäume blühen, kann ich das Fenster nicht aufmachen, womöglich springen mir sonst beide hinaus. Zu leiden, ohne daß jemand zuschaut, ist langweilig. Also lasse ich es sein und putze mir - jawohl, mit Attis Zahnbürste! - die Zähne, ziehe einen seiner Pyjamas an, den grau-rot-gestreiften, und lege mich in sein von mir selbst begossenes Bett. Vielleicht wachsen jetzt Träume?

Als ich mitten in der Nacht aufwache, liegen sie beide auf mir. Der Schwarze, die Rote. Ganz vorsichtig, um sie nicht zu stören, drehe ich mich auf die andere Seite und schlafe schon wieder ein.

TRAUM

Also ich hab wirklich geträumt! Angeblich tut man das jede Nacht ein halbes Dutzend Mal. Aber wenn man sich nicht daran erinnert, ist es, als wäre es niemals passiert. Diesmal schon, diesmal ist es passiert. Ich erinnere mich genau!
Und zwar lag ich im Bett, so wie jetzt, und es war finstere Nacht. Da hörte ich, wie ganz leise ein Schlüssel im Schloß gedreht wurde und die Tür aufging. Ich empfand keine Angst, denn ich schlief ja und träumte.
Verstohlene Schritte kamen direkt auf mich zu. Dann stand eine Gestalt, die ich nicht erkennen konnte, ziemlich lang vor meinem Bett und schaute mich an. Wenn ich aufwache, dachte ich, bist du weg. Dann gibt es dich nicht mehr! Zugleich beschloß ich, nicht aufzuwachen und abzuwarten, was weiter geschah.
Es geschah aber nichts. Die Gestalt drehte sich von mir weg und machte sich an Attis Schreibtisch zu schaffen. Das war ziemlich langweilig. Also klatschte ich wie ein Kind in die Hände, und wie ein Kind fühlte ich mich auch. „Hallo, Sie", rief ich. „Warum tanzen Sie nicht mit mir? Ist der Karneval schon vorbei?"
Die Aussicht, mit mir tanzen zu müssen, schien die Gestalt maßlos zu erschrecken. Denn sie ergriff kopflos die Flucht. Kopflos sage ich so, aber vielleicht hatte sie tatsächlich keinen?
Tatsächlich. Als ich nämlich aufstand, lag er direkt vor dem Schreibtisch. Ein Kopf mit Turban, giftgrün. Der Kopf einer alten Frau. Ihr Mund war weit aufgerissen, und sie schrie. Schrie so laut, daß Rawuzl und die Rote erwachten und eilends von meinem Bett sprangen. Wieso, dachte ich noch. Was haben sie im Traum auf meinem Bett zu

suchen? Da liegen sie wirklich ... Während ich das dachte, merkte ich plötzlich, daß ich selbst es war, die schrie. So laut und entsetzlich schrie, daß ich vor mir selbst Angst bekam.
Meine Hand zitterte, als ich die Nachttischlampe anknipste. Kater und Katze hatten sich unter irgendwelchen Möbeln versteckt. Ein Alptraum. Sowas passiert immer wieder. Ich hatte einen Alptraum gehabt, und nun war er vorbei. Irgendetwas Prozentiges wäre gut. Ich suchte den Eisschrank und die Umgebung rundherum ab. Alles, was ich fand, war eine Flasche Likör. Ich hasse Liköre, Marillenlikör ganz besonders. Ohne Alptraum hätte ich das Zeug nie getrunken, ganz ausgeschlossen. Immerhin schlief ich wieder ein.
Der Kreisverkehr am Gaußplatz weckte mich ziemlich früh auf. Dreierlei Straßenbahnen, und Autos, Autos, Autos. Wenn ich König wäre oder wenigstens Bundeskanzler, würde ich die Zeit abschaffen. Und mit der Zeit die Geschwindigkeit. Dann wäre es nämlich völlig gleichgültig, ob man im Rennwagen fährt oder mit einem Fiaker. Man käme gleichzeitig an oder nie.
Komisch, was mir alles so durch den Kopf geht. Daran ist vielleicht der Marillenlikör schuld. Nie wieder trinke ich einen! Jetzt eine heiße Dusche und dann eine kalte und dann wieder eine heiße und so fort ... Köstlich! Kater und Katze allerdings ergreifen gemeinsam die Flucht.
Eigentlich ist es ein Zufall, daß ich vor Attis Schreibtisch stehenbleibe. Denn ich wollte Kaffee kochen und meine Tiere füttern. Aber es war wohl zu auffällig. Alle Laden von Attis Schreibtisch stehen weit offen.

EIN SCHREIBTISCH

Er ist grau gestrichen, schrecklich. Hellgrau, immerhin. Aber die Schreibmaschine, die auf ihm steht, ist schon wieder schwarz. Ich nehme den Deckel ab. Ein Blatt ist noch eingespannt, zu zwei Dritteln beschrieben. In der rechten oberen Ecke eine Ziffer: 107.

Folglich müssen die ersten hundertsechs Seiten noch im Schreibtisch sein, in einer der offenen Laden. Doch ich finde nur leeres Papier, Notizblöcke, Kugelschreiber, Kuverts. Klar, die Polizei war vor mir da. Und die Traumgestalt.

Ich zermartere mir den Kopf, um mich zu erinnern... Waren die Schreibtischladen gestern offen oder zu? Ich kann es nicht sagen, die blöden Katzen haben mich abgelenkt. Nein, nicht die Katzen! Ich selbst bin blöd und mache als Detektivin garantiert nie Karriere.

Delphine, tröste ich mich, machen auch keine Karrieren. Sie spielen viel lieber. Ich glaube nicht, daß ich vom Affen abstamme. Mein Adam waren, und meine Eva, Delphine. Da dies klargestellt ist, mache ich Frühstück für die Katzen und mich. Einträchtig sitzen wir alle drei beieinander, und ich überlege mir einen Namen für die Rote. Feuerfuchs, Fuchsi, Fuxi. Rawuzl und Fuxi, das paßt. „Fuxi", rufe ich. „Fuxi, kleine Fuxi!" Sie schaut mich nicht einmal an. Irgendwann gewöhnt jeder sich an seinen Namen, auch wenn es der falsche ist. Wie Atti sie wohl genannt haben mag?

Ich kehre an seinen Schreibtisch zurück und fange an, die Seite 107 zu lesen. Aber das gibt es doch gar nicht? Etwas Verrückteres ist mir noch nicht untergekommen. Ist das wirklich von Atti, und meint er es ernst? Am besten, ich tippe es für Sie alle ab. Dann kann jeder sich sein eigenes Urteil bilden. Also von jetzt an ist, was Sie lesen, nicht mehr von mir!

„Was wir daher Urknall nennen, ist die Explosion Gottes. Indem das göttliche Sein, das wir in der subatomaren Dimension Null annehmen müssen, in unendlich viele Welten des Werdens explodiert, erschafft und spielt es alle in diesen Welten denkbaren und undenkbaren Rollen, erleidet alle Schicksale, lebt alle Leben, stirbt alle Tode. Dies gilt für den mikroskopischen wie den makroskopischen, den anorganischen wie den organischen Bereich sowie sämtliche andere, die sich unserer Wahrnehmung und Berechnung entziehen.
Einstein hatte insofern unrecht, als er die Zeit als vierte Dimension des Raums ansah, das Gegenteil stimmt. Werdend, erscheint Gott als Zeit. Seiend, kann Gott nicht erscheinen. Unendliche Zeit erschafft endlichen Raum. Raum ist der Schatten der Zeit, ihre subjektive Illusion.
Nicht im Raum sondern der Zeit explodierte Gott und zerstreute sich in die unendliche Vielfalt der lebendigen Dinge. Nicht der Raum ist Gottes Medium, sondern die Zeit.
Die Geschichte des Denkens kennt den Zeitkreis, also die zyklische, und den Zeitpfeil, die irreversible Zeit, der die Idee der Entropie entspringt. Aber es gibt nicht zwei Zeiten, nicht zweierlei Zeit, obwohl sie auf unendlich viele Arten erlebt werden kann. Zeitkreis und Zeitpfeil sind eine einzige Zeit, in verschiedenen Abständen gemessen. Was Einstein für eine Krümmung des Raums hielt, ist in Wirklichkeit die Krümmung der Zeit.
GOTT ALS PROZESS KRÜMMT DIE ZEIT UND KEHRT, ALS IHR ENDE, IN SICH SELBST ZURÜCK.
Die Illusion des Raums endet, da niemand sie mehr auf-

rechterhält. Denn Gott ist wiederum SEIEND in der Dimension Null, ohne Ausdehnung.
Sind Zeit und Azeitlichkeit ein kosmischer Rhythmus? Aber ein Rhythmus, jeder, kann sich nur in der Zeit entfalten. Hört sie auf, bricht der Rhythmus ab. Ein Dilemma, dessen Lösung -“

Jetzt bin wieder ich an der Reihe, Flo Lerner. Aber an den Rand der Seite - und sie war eingespannt, daher schief - hat Atti geschrieben, mit Bleistift: Alles hängt von der Qualität Gottes ab!
Was ich davon halten soll, weiß ich nicht. Abgesehen davon, daß ich immer Bahnhof verstehe. Also nicht nur, aber hauptsächlich. Wer hätte denn sowas in Attis sanftem blonden Kopf vermutet? Falls, was ich gelesen habe, und auch getippt, wirklich revolutionär sein sollte. Das weiß ich doch nicht!
Aber Attis Schreibtisch übt eine sonderbare Faszination auf mich aus. Gibt es eine Erotik der Dinge? Dann ist dieser scheußlich grau gestrichene Schreibtisch tatsächlich eine erotische Attraktion. Ich kann mich, scheint es, gar nicht von ihm lösen.
Wahrscheinlich sind mindestens zwei Stunden vergangen. Zeit, das Katzenklo auszuleeren und so weiter. Aber Attis Dissertation? Und um eine solche scheint es sich wohl zu handeln. Typisch Papa! Kein anderer hätte ihm so ein Thema gegeben. Papa war verrückt, und ein Genie. Atti auch?
Tonbandstimmen sind dagegen direkt normal. Ich rufe Hanno an. „Beim ‚Kern' um zwölf?“ „Nein“, sagt er, „um zwölf kriegen wir keinen Tisch. Viertel nach elf?“ „Gut“, und irgendwie bin ich erleichtert. Ganz allein aus einem Weltbild zu fallen, ist schon unheimlich.

DER KERN

Und damit meine ich weder den Atomkern, noch den der Sache. Sondern den Wirt und sein Beisl, die mir gut und immer besser gefallen. Hanno sitzt schon da und bestellt Lammragout. Mich reizen die Topfenknödel mit Kochsalat, aber Kochsalat mag ich nicht. „Geht Spinat?“ frage ich. Der Wirt mit der blauen Schürze und den grimmigen Augen schaut mich mißbilligend an. „Geh’n tut er nicht, ich muß ihn schon bringen.“

Tut das gut, Gottes Zerstreutheit zu vergessen! Ich lache. „Hast du gewußt, daß wir in der Zeit sitzen?“ frage ich Hanno, und er schaut mich besorgt an. „Nicht im Extrastüberl und womöglich auf gar keinem Sessel. Sondern mitten in einer Explosion.“

„Was hast du gesagt?“ fragt Hanno bestürzt. „Ist etwas passiert?“ „Ja, schon.“ Und ich berichte.

Als ich fertig bin, stellt mir Hanno eine ziemlich merkwürdige Frage. „Glaubst du an Gott, Flo?“ „Nein. Ja. Ich weiß nicht.“ Er nickt. „Von hundert würden neunzig so antworten. Schade, daß du dazugehörst.“

Das wurmt mich. Ich hätte ihm die Seite 107 gar nicht vorlesen sollen, bestimmt versteht er sie noch weniger als ich selbst. „Du nicht?“ frage ich gehässig. „Du gehörst nicht zu den neunzig?“ „O ja.“ Er lächelt entwaffnend. „Ich auch.“ Sofort hab ich ihn wieder gern. „Normalerweise spricht man nicht über solche Sachen“, und ich lächle versöhnlich zurück. „Normalerweise“, gibt er zu. „Aber findest du nicht, daß gerade das abnormal ist? Sich keine Gedanken darüber zu machen, wer man ist und warum und woher.“

„Atti hat sich Gedanken darüber gemacht“, sage ich, und er nickt. „Habt ihr das Manuskript weggenommen?“ „Nein“,

sagt er. „Obwohl wir oder vielmehr ich das sicher getan hätte. Aus Neugier. Denn mit dem Mord hat die Dissertation nichts zu tun." „Bist du sicher? Vielleicht hat Atti etwas toll Wichtiges entdeckt. Oder einem anderen fällt zu seiner eigenen Doktorarbeit nichts ein, und so grapscht er sich die." „Ich mag Mädchen mit einer blühenden Phantasie", sagt Hanno und bestellt Mostpudding mit Nüssen für mich, wahrscheinlich bin ich ihm noch immer zu mager.
„Vielleicht hab ich die Gestalt gar nicht geträumt", trumpfe ich auf. „Die am Schreibtisch. Das wäre doch ein Beweis?"
„Ein Indiz, meinst du. Und du müßtest den- oder diejenige erst einmal finden. Aber ich hab eine ganz andere Idee."
„So?" Das sage ich extra geringschätzig, aber der Herr Inspektor entwickelt mit ungebremstem Eifer seine Idee. Ich kürze sie absichtlich ab, denn er hörte meinen ganzen Mostpudding lang nicht auf, sie zu erklären.
Kurz und gut, er will Attis Geist in der Angelegenheit beschwören. Möglicherweise, meint er, war es eben dieser Geist, den ich in der Nacht sah. Wahrscheinlich wollte er mich auf die Existenz seiner Dissertation aufmerksam machen, die etwas für ihn oder mich oder die Menschheit unverzichtbar Wichtiges enthält.
„Interessant", sage ich und gähne, obwohl ich nicht müde bin. „Ich mag Männer mit einer blühenden Phantasie. Aber nicht alle." Ich glaube, jetzt habe ich ihn wirklich gekränkt. Umso besser! „Atti ist mir also erschienen, um mich mit der Nase auf sein Manuskript zu stoßen, das er anschließend ins Jenseits mitnahm, wo der Heilige Geist Doktorhüte an unheilige Geister verteilt."
Nein, das war nicht nett von mir. Weder Hanno, noch Atti gegenüber. „Tut mir leid", sage ich. „Es war nur ein Spaß."
Unergründlich blickt der Inspektor mich an. Bei einem Mann sind so schöne blaue Augen direkt eine Verschwen-

dung. Aber so ist die Natur nun einmal. Sogar Mistkäfer macht sie betörend, oder Eichelhäher, während ich ... „Flo", sagt er. „Ich möchte, daß du dabei bist."
Ich verstehe zuerst nicht, was er meint. „Bei was?" frage ich. „Du hast Atti gekannt", sagt er. „Nicht gut zwar ..." „Sehr gut sogar! Zeit spielt dabei überhaupt keine Rolle." Dabei fällt mir wieder ein, wer oder was Zeit Atti zufolge eigentlich ist. Wenn ich nicht aufpasse, mache ich eine Majestätsbeleidigung nach der andern. „Umso besser!" Hanno lehnt sich entspannt zurück und winkt Herrn Kern zu. Während er die Rechnung bezahlt, versichern wir beide, daß es uns geschmeckt hat, und wie!
Erst auf der Straße, und nachdem wir uns schon die Hand gegeben haben, sagt Hanno. „Wir werden heute abend versuchen, den Kontakt herzustellen. Ich bin um punkt sieben am Gaußplatz." Und bevor ich noch sagen kann, ich bin beim britischen Botschafter eingeladen oder leider im Zirkus, geht er schon mit langen energischen Schritten auf die Herrengasse zu.
Bevor er in sie einbiegt, dreht er sich noch einmal um. Zu blöd, ich hab ihm die ganze Zeit nachgestarrt. „Es gibt Schreibtische mit Geheimfächern!" ruft er mir zu. Im nächsten Augenblick ist er verschwunden.

GRAU

Über zwei Stunden hab ich den Schreibtisch untersucht. Abgeklopft, abgetastet, rundherum, oben und, auf allen vieren, auch unten. Gefunden habe ich nichts. Oder vielleicht doch?

Fortwährend die Farbe Grau vor den Augen, sind mir die grauen Briefe wieder eingefallen, die ich mit dem übrigen aus Alice Harpers Schubladen mitnahm und die mir ein solches Unbehagen einflößten, daß ich sie noch immer nicht las. Ich glaube, ich habe sie einfach verdrängt.

Es ist noch lange nicht sieben, Kater und Katze schlafen friedlich, und der Nachmittag liegt mir auf dem Herzen wie Blei. Die Briefe befinden sich in der Nikolaigasse. Keine Ahnung, ob der fremde Herr schon eingezogen ist oder nicht. So schnell wahrscheinlich nicht, und auf jeden Fall habe ich Schlüssel.

Gedacht, getan. Ich komme mir wie ein Einbrecher vor, als ich die eigene Wohnung aufsperre. Ich weiß noch, ich habe die Briefe in den Mohren gelegt, der als stummer Diener in einer Ecke steht. In seinen schwarzen Händen hält er ein Tablett mit doppeltem Boden, das Papa als Versteck für Liebesbriefe oder brandneue physikalische Formeln benutzte. Beim Abstauben habe ich es einmal zufällig entdeckt, aber nicht weiter spioniert.

Ich nehme die grauen Briefe heraus, und dabei fällt mir ein rotes Etui auf, das vorher nicht da war. Ein Lederetui, und als ich es aufklappe, lächle ich mich selbst töricht an. Meine eigene Fotografie! Damals war ich siebzehn, und Papa hat mich im Stadtpark vor den Schwänen geknipst. Im hellgrünen Mousselinekleid, und Kleider trage ich schon lange nicht mehr. Hosen sind so viel bequemer. Geradezu pausbäckig, mein Gesicht von damals. Aus irgendeinem Grund hat Papa dieses Foto besonders geliebt. Er muß es im Mohren aufbewahrt haben wie goldene Manschettenknöpfe oder ähnlichen Plunder. Aber gerührt bin ich schon.

Da es für mich hier sonst nichts zu tun gibt, schicke ich mich an, wieder zu gehen. Dabei fällt mir zweierlei auf. Ein sehr leichter, sehr angenehmer Geruch nach Sandelholz

und Zigarren, der mir vertraut vorkommt, irgendwie. Und zwei Koffer aus marineblauer Ballonseide, kann sein, auch aus Nylon. Sie stehen im Vorzimmer, wieso hab ich sie vorhin nicht bemerkt?
Ich verschwinde lieber, mein Mieter zieht womöglich gerade ein. Konversation war mir schon immer ein Greuel. Haben Sie eine angenehme Reise gehabt? Ich hoffe, Sie fühlen sich wohl in meiner bescheidenen Wohnung, und so weiter. Bestimmt will er auch den Preis drücken, den Hanno netterweise unverschämt hoch angesetzt hat. Bevor er bis drei zählen kann, bin ich fort!
Komisch, am ‚Grünen Anker' vorüberzugehen. Und warum nicht hinein? Vielleicht begegne ich dort Atti dem Vierten. Und ein Glas Wein wäre genau das richtige jetzt. Lieber Gott, bin ich erschrocken! Mein ‚Grüner Anker' ist das jedenfalls nicht mehr. Mauern aus Ziegeln und Gold und perverse Nischen, im Grab hätte Grillparzer sich umgedreht. Ich drehe mich auch um, wenngleich noch nicht im Grab. Obwohl ich ungestraft wieder hergehen könnte, eine Drehtür in andere Welten ist der ‚Grüne Anker' nicht mehr. Falls er überhaupt noch so heißt ...
Eigentlich komisch, wie sich alles verwandelt. „Nichts behält", hat Ovid geschrieben, „seine Gestalt." Warum eigentlich nicht? Warum muß ich irgendwann eine Matrone werden und dann eine alte Frau? Falls ich nicht vorher sterbe, was wünschenswert wäre. Aber wünsche ich mir das in dreißig oder vierzig Jahren noch immer?
Die grauen Briefe in der Tasche, kehre ich auf den Gaußplatz zurück. Ich habe noch zwei Stunden Zeit, sie zu lesen. Und tue es nicht. Stattdessen lese ich die Seite 107. Ich lese sie ein Dutzend Mal, mindestens. Wenn Atti recht hat, besteht die ganze Welt, bestehen alle möglichen und unmöglichen Welten, aus einem einzigen, im unkontrol-

lierbaren Mikrobereich angesiedelten Komödianten, dem wir bisher den Namen Gott gaben. Er spielt alle Rollen, auch meine. Und die Attis, Hannos, Papas. Auch Alexander und Alice Harpers, ja sogar Schapiras. Verrückt.
Ein metaphysisches Elektron gewissermaßen. Obwohl jeder Papst oder Bischof mich auf der Stelle exkommunizieren würde, wenn ich es laut sage.
Ich werde es nicht laut sagen, nicht einmal Hanno. Habe ich Angst vor dem Abend zu dritt? Ja, ich habe.

SEANCE

Sie war ein Mißerfolg, das sage ich gleich. Obwohl Hanno behauptet, sie wäre eine Sensation. Er kam mit einer Unzahl von Apparaturen und belegte sämtliche Steckdosen damit. Bald darauf hörten wir Radio, und zwar Prag, London, Klagenfurt, Mailand und Paris. Gleichzeitig, aber wenigstens leise. Hanno fing an, mir irgendetwas mit Wellen und Interferenzen zu erklären, mit weißem oder schwarzem Rauschen, und daß die Gespenster sich davon bedienen wie von einem Buffet. Eine Art Buchstaben-Buffet, es klang jedenfalls haarsträubend dumm. „Hast du verstanden?“ Er schaute mich erwartungsvoll an. Wenn ich nein sagte, würde er mir seinen ganzen Wellensalat noch einmal vorsetzen. „Klar“, versicherte ich ihm. „Ist doch ganz einfach!“ Dann drehe ich mich schnell um, damit er nicht sieht, daß ich rot werde. Leider werde ich jedesmal rot, wenn ich lüge, was wirklich sehr ärgerlich ist. Aus diesem Grund sage ich häufig die Wahrheit.
„Wollen wir zuerst etwas essen?“ frage ich. „Ein paar Dosen

mit Würstchen sind noch da, und verschiedene Suppen." „Essen?" Hanno sagt es, als hätte ich vorgeschlagen, gemeinsam aus dem Fenster zu springen. „Bei dem, was wir vorhaben?" „Die Würstchen sind von Atti", sage ich. „Die Suppen auch." „Ich wundere mich über dich", teilt der Inspektor mir mit und schüttelt den Kopf. Von mir aus! Wenn mein Magen knurrt, wird er es für eine Stimme aus dem Jenseits halten und glücklich sein.

Wir sitzen beide auf Attis Bett, immerhin ist die bunte Patchworkdecke dazwischen. Wo bin ich eigentlich mit Atti dem Zweiten gesessen, als wir lauwarmen Nescafé tranken? Ich könnte schwören, da waren zwei Stühle. Einfache Holzstühle, und jetzt sind sie verschwunden. Ich frage Hanno, ob die Polizei sie vielleicht mitnahm? „Das ist nicht der Moment", sagt er und schaut mich böse an. „Ich konzentriere mich auf einen Toten, und du solltest das besser auch tun. Statt Kriminalpolizisten als Sesseldiebe zu verdächtigen!"

Ich unterdrücke nur mühsam das Lachen. Mein übersinnlicher Inspektor! Gespenster sind sein Lindenblatt, da kann man ihn wirklich verletzen. Was ich keinesfalls tun will. „Dann gab es die Sessel nur in der anderen Welt." Wieso ist er jetzt ärgerlich? „Es gibt zwei, das Dies- und das Jenseits. Aber in Wirklichkeit sind beide nur eine einzige Welt!" erklärt er kategorisch. „Und glaubst du im Ernst, die Geister sitzen auf Stühlen?" „Ich weiß nicht, Hanno. Darüber hab ich noch nie nachgedacht."

„Es ist sinnlos", sagt er und steht auf. „Du bist unkonzentriert, das überträgt sich." Mit seinen langen Schritten wandert er in dem fünfeckigen Zimmer herum. „Wir könnten stattdessen ins Kino gehen", schlage ich schüchtern vor. „Magst du Kino?"

„Nein!" schreit er mich an und entschuldigt sich gleich darauf. „Und natürlich mag ich Kino", fügt er freiwillig hinzu.

„Wer mag Kino nicht? Wir haben nur heute abend etwas anderes vor. Flo, bitte, mußt du so ein Störfaktor sein?" Ach so! Als Störfaktor sieht er mich, das werde ich so schnell nicht vergessen. „Du bist mit dem Mord an Atti überhaupt nicht weitergekommen, gelt? Nicht einmal einen Verdächtigen hast du! Und jetzt verlierst du die Nerven."
„Ich habe sehr wohl einen Verdächtigen", behauptet der Inspektor gereizt. „Wenn Schapira und Atti zu gleichen Teilen erben und es auf einmal keinen Atti mehr gibt - wer bekommt Alice Harpers Vermögen, das ganze?" „Kommt darauf an, wen Atti als seinen Erben eingesetzt hat." „Gar niemanden. Ein junger Mann macht im allgemeinen kein Testament, und es ist auch keines da." „Du meinst, Schapira ...?" „Ja, beide." „Kannst du es beweisen?" „Eben nicht", und ärgerlich beißt er sich auf die Lippen. „Er hat den halben Nachmittag mit einer frisch Geschiedenen Tennis gespielt, und am Abend ging er noch einmal zurück in die Kanzlei. Behauptet er wenigstens. Angeblich, um einen Akt Bartram zu bearbeiten, dessen Verhandlung bevorstand."
Bartram? Bartram ... Eine kleine Alarmglocke läutet in meinem Kopf. Aber was sie mir mitteilt, verstehe ich nicht. Hanno möchte den Mord aufklären, mit allen Mitteln. Das möchte ich auch. Also warum stelle ich mich so an? Ein Störfaktor, er hat wahrscheinlich recht.
„Los", sage ich. „Worauf warten wir noch?" Er traut mir nicht ganz, das merke ich an seinen Augen. „Du meinst, du bist jetzt bereit für unser Experiment?" „Wenn es nur nicht zum Gruseln ist", sage ich, und allein bei der Vorstellung fröstelt es mich. „Jeder normale Mensch hat Angst vor Gespenstern." „Fürchtest du dich vor Atti?" „Vor Atti nicht, nur vor seinem Geist." „Du glaubst, sein Geist ist jetzt anders? Solange Fleisch rundherum war, mochtest du ihn. Aber ohne Fleisch ist er dir unheimlich?" „Irgendwie schon."

Hanno seufzt. „Du bist selber ein Geist“, sagt er. „Hast du Angst vor dir?“ „Ja“, und ich nicke beklommen. „Manchmal. Ziemlich oft, eigentlich. Geht es dir nicht so? Daß du in dir selber herumirrst wie in einem wildfremden Land. Und man weiß nie, wem man dort begegnet.“
„Das wäre langweilig“, sagt Hanno, „wenn man es wüßte. Und wenn man keine Angst hätte. Das Ungewohnte und Ungewöhnliche ist es, das die Angst auslöst. Möchtest du dir lieber langweilig sein?“ Darauf weiß ich keine Antwort. „Tote sind fremde Länder“, sage ich nur. „Lebendige auch“, ergänzt Hanno. „Der Unterschied zwischen Toten und Lebendigen existiert in unserer Wahrnehmung und nirgendwo sonst. In Wahrheit gibt es ihn nicht. Hast du verstanden?“
„Nein“, sage ich. „Aber wir können trotzdem anfangen.“ „Gut“, und er hantiert an den Geräten. „Du stellst die Fragen.“ „Was für Fragen?“ „Hast du keine an ihn? Wenn dir nichts anderes einfällt, frag ihn nach seinem Mörder.“
Ich schlucke. Einmal, zweimal. Räuspere mich und bin trotzdem heiser. „Hallo, Atti!“ sage ich. „Wie geht es dir? Ich meine, wie geht es Ihnen?“ Außer Paris, London, Prag, Mailand und Klagenfurt höre ich nichts. War vielleicht auch eine idiotische Frage, und taktlos dazu. Wie soll es schon einem Ermordeten gehen? Schlecht natürlich, falls überhaupt. Ich meine, falls es ihm überhaupt dann noch geht. Kann ja sein, daß wir unsterblich sind, alle. Kann aber auch sein, daß der Tod uns wegputzt wie Seife den Schmutz.
Was Hanno nur hat? Er verdreht seine Augen und macht mir unverständliche Zeichen. Lieber Himmel, jetzt hör ich es auch! Klingt aber nicht wie Atti oder ein Mensch sonst. Eher Metall, ein Computer ... Hanno schreibt bereits jedes Wort mit.
„Im Garten der Pfade, die sich verzweigen, sind wir einander

begegnet. In einem Webmuster aus Zeiten, die sich einander nähern, sich verzweigen, sich scheiden oder jahrhundertelang nichts voneinander wissen. In der Mehrzahl dieser Zeiten existieren wir nicht; in einigen existieren Sie, ich jedoch nicht; in wieder anderen wir beide. In dieser Zeit nun, die mir ein günstiger Zufall beschert hat, sind Sie in mein Haus gekommen. In einer anderen haben Sie mich, da Sie den Garten durchschritten, tot angetroffen; in wieder einer anderen sage ich dieselben Worte, aber ich bin ein Trug, ein Phantasma."

DIE TROMPETERIN

Wir sind noch eine Weile stumm dagesessen, Hanno und ich. Er war verzückt, das sah man ihm an. Bei mir läutete wieder die gewisse Glocke im Kopf. Da ich keine Glockensprache verstehe, läutete sie ganz umsonst. „Wenn du behauptest, du hast etwas verstanden, dann lügst du", sage ich endlich. „Ich weiß nicht", sagt er. „Irgendwie kommt es mir bekannt vor. Dir nicht?" „Nein", sage ich. „Mir kommt es nicht bekannt vor, sondern Spanisch. Und wo findest du in dem Schwulst einen Hinweis auf den Mörder?"
„Schwulst!" Der Inspektor ist eingeschnappt. Schon wieder! „Eine Sensation", wiederholt er ein paarmal. „Auch, wenn du sie nicht begreifst. Was Atti gesagt hat, ist wichtiger als Name und Adresse des Mörders. Viel wichtiger." „So, und was hat er gesagt, kannst du mir das erklären?" Kann er natürlich nicht, lieber geht er nach Hause. Soll er! „Wenn Atti überhaupt etwas gesagt hat", rufe ich hinter ihm her. „In meinen Ohren klang seine Stimme wie Blech!"

Also wieder ein einsamer Abend. Macht nichts, ich hab ja die Katzen. Wo stecken sie denn? Während des sogenannten Experiments hab ich sie nirgends gesehen. Ein Glück, daß der Inspektor den technischen Krimskrams wieder mitgenommen hat. Sonst gibt es womöglich eine weitere Blechplauderei.
Aber was ist das? Sie zittern alle zwei, Rawuzl und Fuxi. Zitternd und auf dem Bauch, was die nur bei Gefahr tun, kriechen sie unterm Schrank hervor. Sie haben sich also gefürchtet, sie auch. Der Unterschied zwischen Menschen und Tieren ist wirklich nicht groß.
Ich serviere ihnen die Würstchen aus Attis Dose, Fressen beruhigt. Dann bereite ich mir selbst eine Suppe aus dem Sackerl zu, angeblich Spargelcreme, obwohl sie nach nichts schmeckt. Denn auch ich bin beunruhigt, obwohl ich nicht unter den Schrank krieche. Wovor haben sich die Katzen gefürchtet, wenn außer Hanno und mir niemand da war? Also war vielleicht doch jemand da?
Ausgeschlossen, ich bleibe heute abend nicht hier. Der Inspektor kann sagen, was er will! Tote sind keine Menschen. Unmenschen eben. Dämonen. Ich will nichts zu tun haben mit ihnen, lieber gehe ich ins Hotel.
Aber zuerst ins Kino. Ein lustiger Film jetzt wäre schön. Ich mache mich auf den Weg in die Stadt, aber ich komme nicht weit. Denn im Lift begegnet mir die Trompeterin.
Sie muß es sein, weil sie eine Trompete unterm Arm hat. Als sie das Haus am Gaußplatz beobachtete, damals am ersten Frühlingstag, hatte sie keine Trompete. Nur die schwarze Kappe, wie jetzt auch, den eng taillierten schwarzen Mantel, die schwarzen Hosen, den weißen Seidenschal. So jedenfalls habe ich sie Schapira beschrieben, obwohl sie eine Erfindung war. Es gab sie nicht wirklich.
Und einmal bin ich ihr in der Singerstraße begegnet, da sah

sie genauso aus, nur war sie keine Erfindung. Es war der Morgen nach Attis Tod ...
Einander in einem so engen Lift nicht anzuschauen, ist äußerst schwierig. Ob sie es versuchte, kann ich nicht sagen. Ich jedenfalls starre gebannt auf das Schild der Firma, die den Lift hergestellt hat. Und dabei fliegt mir das Herz fast zu beiden Ohren heraus.
„Es sind unsere eigenen Wahrnehmungen, vor denen wir die größte Angst haben." Das hat Papa einmal gesagt, und jetzt fällt es mir wieder ein. Was genau er damit gemeint hat, weiß ich allerdings nicht. Was wir wahrnehmen, ist schließlich die Welt, die rundherum um uns selbst ist. Eine normalerweise verläßliche Welt, die bekannten Gesetzen gehorcht. Wie ist es möglich, daß sie von einem Augenblick zum andern unverläßlich wird, ungehorsam und sehr erschreckend?
Wir stehen noch immer im Lift, oder vielleicht ist es die Zeit, die stehenblieb. So stelle ich mir die Hölle vor. Die Zeit erstarrt und mit ihr alles, was sie enthält. Gibt es nicht ein Märchen darüber? ‚Dornröschen', und mir war das Märchen immer unheimlich. Was passiert, wenn kein Prinz daherkommt und es küßt? Dann bleibt alles verwunschen.
Mein Prinz ist tot, denke ich, und vor mir steht vielleicht seine Mörderin. Ich müßte doch etwas tun, sofort, auf der Stelle! Die Trompeterin ... Warum wird jetzt alles so schwarz wie ihr Mantel?

IN DER FALLE

Ich erwache auf einem fremden Bett, in einem fremden Zimmer, und eine Fremde beugt sich über mich. Eine schrecklich bekannte Fremde, die Trompeterin.

Sie hat ihren engen schwarzen Mantel ausgezogen und die schwarze Kappe abgenommen. Doch bis auf den weißen Schal ist auch alles übrige an ihr schwarz, einschließlich der glatten Haare, die sich wie Rabenflügel um ihr Gesicht legen. Dunkel ist sogar ihre Stimme, als sie mich fragt: „Haben Sie so etwas oft?"
Da ich nicht weiß, was ich hatte, schüttle ich für alle Fälle den Kopf. „Sie sind im Lift zusammengesunken", sagt sie. „Ich bin wieder hinaufgefahren und hab Sie in mein Zimmer getragen. Zum Glück sind Sie leicht."
Wahrscheinlich muß ich mich bei ihr bedanken, und das tue ich auch. Merkwürdig, meine Stimme gehorcht mir nicht ganz. Ich stottere sogar ein bißchen.
„Sind Sie die Trompeterin?" frage ich idiotisch, die Trompete liegt mitten auf dem Tisch. Das Terrassenzimmer, denke ich. Linde Wabers Terrassenzimmer. „Stört Sie mein Spiel?" „Nein, ich höre es gar nicht. Sie sind Engländerin?" Sie nickt. „Ich bin am 1. Mai nach Wien gekommen und habe gleich dieses Zimmer gefunden, es gefällt mir. Sie wohnen auch erst seit kurzem hier?" „Seit kurzem, ja."
Zweierlei fällt mir auf. Sie spricht völlig akzentfrei. Und wenn sie erst seit dem ersten Mai in Wien ist, kann sie unmöglich in der Aschermittwoch-Woche am Gaußplatz gestanden sein. Also lügt sie. Und wenn sie nicht lügt, stimmt irgendetwas nicht mit meinem Kopf. Ein Verdacht, den ich schon seit einer ganzen Weile habe. Und wieso bin ich in Ohnmacht gefallen? In meinen ganzen zweiundzwanzig Jahren ist mir das nie passiert.
„Ich spiele Trompete im Zirkus", berichtet sie ungefragt. „Ein Clown singt dazu und macht diese traurigen Dummheiten, Sie wissen schon. Möchten Sie einmal kommen?" „Danke", sage ich. „Das wäre nett." Und bin fest entschlossen, es niemals zu tun.

„Möchten Sie ein Glas Wasser?“ Entsetzt wehre ich ab. Bestimmt gibt es Gifte und Drogen, die man nicht einmal schmeckt. „Bis auf die Zirkusleute“, sagt sie, „kenne ich kaum jemanden hier.“ Will sie mir ihre Freundschaft anbieten?
„Mir ist eine rote Katze zugelaufen. Gehört sie vielleicht Ihnen?“ „Nein“ sagt sie. „Nein, mir gehört sie nicht. Ich glaube, sie gehört niemandem mehr.“ Ich kann sie nur fragend anschauen, mein Hals ist wie zugeschnürt.
„Ich hab sie im Flakturm gefunden“, und sie zeigt auf das Fenster, hinter dem man mitten im grünen Augarten den Turm aus dem Krieg sieht. Sie hat schöne schlanke Hände. Aber mit diesen schönen schlanken Händen hat sie möglicherweise den grauen Schal um Attis Hals zugezogen.
„Nicht nur die Katze“, sagt sie und schaut mich sonderbar an. „Angeblich soll ein Mord passiert sein.“ „Ein Mord, ja. Und ich fand die Leiche.“ „Wie gräßlich für Sie!“ „Schon. Aber ich kannte den Toten ja nicht.“ „Hat er nicht hier gewohnt?“ „Aber ich bin ihm nie begegnet. Bewußt jedenfalls nicht.“
Dann schweigen wir beide. Eigentlich müßte ich aufstehen und gehen, im Zirkus wartet man vielleicht schon auf sie.
„Was glauben Sie?“ frage ich stattdessen. „Was ich glaube?“
„Wie es passiert ist.“ „Sie meinen, wer den jungen Mann umgebracht hat? Keine Ahnung. Aber seine Katze, die können Sie ruhig behalten. Mich hat sie nur gekratzt.“ Und sie zeigt mir ein paar blutige Fahrer auf ihren Armen.
Fuxi mag sie also nicht. Das muß doch einen Grund haben! Bei mir ist sie zutraulich, sie schnurrt und reibt sich an meinen Beinen. Wenn sie aber gesehen hat, wie die Trompeterin Atti erwürgte ...
„Danke für die Gastfreundschaft“, sage ich und stehe auf. „Es geht mir schon wieder gut.“ Ich überlege, ob ich ihr zum Abschied die Hand geben soll. Aber da steht sie schon

vor mir, und ihre großen gelben Augen hypnotisieren mich fast. „Bleiben Sie noch!“ Sie versperrt mir die Tür. Hoch gewachsen, wie sie ist, reicht sie fast bis zum Stock. Ich bin viel kleiner.
„Bleiben Sie, bitte ...“, sagt sie, während ich langsam in Panik gerate.

ALTMODISCH

Es ist vorbei. Und ich war weder im Kino, noch im Hotel, sondern sitze in Attis Zimmer am Gaußplatz und beruhige mich mit zwei Flaschen Bier.
Am entsetzlichsten war, daß sie mich zu küssen versuchte. Ich war so perplex, daß ich mich im ersten Moment gar nicht wehrte. Mit ihren eins achtzig fiel sie einfach über mich her. Wenn ich es recht überlege, hat sie kein Frauengesicht. Ein Mädchengesicht erst recht nicht, ich schätze sie auf sechsunddreißig. Schwefelgelb. Ihre Augen sind schwefelgelb. Hermaphroditen, denke ich. Gibt es die wirklich? Kann sein, daß ich altmodisch bin. Aber dann will ich es bleiben. Mit einer Frau zu schmusen ist wie eine Algebrastunde mit einem Papagei. Oder die Straßenbahn ein Gedicht aufsagen lassen. Völlig sinnlos! Feministin bin ich auch keine. Es genügt, wenn man sich nichts gefallen läßt. Man muß nicht auch noch Spruchbänder aus dem Hals flattern lassen. Wenn Eitelkeit aggressiv wird und die Aggression eitel, halte ich mich lieber heraus aus dem Spiel.
Aus dem Küssereispiel hielt ich mich auch heraus, aber das war ganz schwere Arbeit. Ich fühlte mich wie in einen Schraubstock gepreßt und wollte mich immerzu höflich

befreien. Denn eigentlich tat mir die Trompeterin leid. Ich glaube auch nicht mehr, daß sie Attis Mörderin ist. Natürlich kann man so etwas nie wissen. Doch ist sie wahrscheinlich nur eine einsame und ziemlich unglückliche Frau. Oder Halbfrau, oder was immer.

Interessanterweise haben wir während des ganzen Gerangels kein Wort miteinander gesprochen. Und erst, als ich schon ihren Armen entkommen war, sagte ich: „Entschuldigen Sie, sorry, tut mir leid." Und die Trompeterin darauf: „Schon in Ordnung, nicht der Rede wert." Während sie sich die Schweißperlen von der Stirn strich. Das war alles so komisch, daß ich laut lachte. Und was geschah? Die Trompeterin lachte auch.

Wahrscheinlich ist die ganze Welt ein einziger Spaß. Man hat ihn aber nur, wenn man sie nicht ernst nimmt. „Trinken wir ein Bier miteinander?" fragte Lucy Williams. „Gern", sagte ich, „aber ein anderes Mal." Da gab sie mir die zwei Flaschen mit. Stout, hochprozentig. Schade, daß sie so ist. Wir könnten Freundinnen werden.

Und sie, als hätte sie meine Gedanken erraten: „Wir könnten vielleicht Freundinnen werden, was meinen Sie?" „Ja, vielleicht", sagte ich. „Aber ich liebe nun einmal Männer!" „Ich habe auch einen Mann geliebt", sagte sie. „Es war eine furchtbare Enttäuschung." Irgendwie bin ich erleichtert. Küssen wollte sie mich also nur wegen dieser Enttäuschung, und vielleicht, wenn ich mir Mühe gebe, verkupple ich sie am Ende mit einem tollen Mann? Er muß ja nicht unbedingt toll sein ...

Erst jetzt, und die zweite Flasche Stout ist schon fast leer, frage ich mich, ob die furchtbare Enttäuschung am Ende gar Atti war? Dann käme sie als Mörderin sofort wieder in Betracht. Ich verfalle in düsteres Grübeln, da läutet das Telefon. Es war immer da, natürlich. Aber wieso hat es nie

vorher geläutet? War Atti so allein? Oder lesen alle Leute die Zeitung? Ja, so wird es sein.
Ich nehme den Hörer ab, und eine Stimme brüllt: „Borges!"
„Nein", sage ich, „da sind Sie ganz falsch verbunden."
„Unsinn, Flo", sagt Hanno. „Du bist es doch, oder?" „Nun ja. Ich bin nicht immer ganz sicher." Im Moment hat er für Spitzfindigkeiten nichts übrig. „Jorge Louis Borges", erklärt er sehr knapp. „Oder weißt du nicht, wer das ist?" „Nein, keine Ahnung." Er seufzt so laut in den Hörer, daß es direkt eine Beleidigung ist. „Ein blinder Dichter", sagt er. „Ich glaube Spanisch. Und weltberühmt." Kaum, sonst würde ich ihn ja kennen. „Ich hab einem Freund von mir, der Dozent für Literatur ist, Attis Tonband vorgespielt. Es ist, sagt er, Borges. Nicht ganz genau, aber ziemlich. Ich hab das Buch bereits bei der Christl Wagner bestellt." „Bei welcher Christl?" „In der Wollzeile, die Buchhandlung Heger. Die kennt solche Sachen. Frankfurt 1992, und es heißt FIKTIONEN." „Was heißt so?"
„Ach, Flo", sagt er nach einer Pause. „Wenn du nicht so ein nettes Mädchen wärst." Eine Liebeserklärung habe ich mir anders vorgestellt. Ich nehme sie auch nicht zur Kenntnis. Mit einer leidenschaftlichen Trompeterin in der Hinterhand ...?
„Morgen beim ‚Kern', viertel zwölf?" „Gut", sage ich. Denn noch habe ich nicht alle Abenteuer der Speisekarte bestanden.
„Und ich bringe den Borges mit!"
Früher hat man einer Dame Schokolade mitgebracht, obwohl ich gar keine mag. Bücher schon. Aber mag ich Borges?
Allerdings bin ich auch keine Dame.

SIEBEN GRAUE BRIEFE

Nach den zwei englischen Bieren bin ich dermaßen beruhigt, daß ich mir endlich die sieben grauen Briefe vornehme. Sowieso sind sie ziemlich kurz. Die Schrift ist zuerst rund und weich, wird aber mit jedem Brief härter. Zuletzt ist sie eng und steil. Eine böse, herrische Schrift.

Wien, 1. April 1960

Sehr geehrte Frau Harper!
Soeben habe ich in der Telefonzelle am Franziskanerplatz eine Damenbrieftasche aus Eidechsenleder gefunden. Sie enthält eine Menge Geld sowie einen auf Ihren Namen lautenden Paß. Ich habe daraufhin Ihre Nummer im Telefonbuch nachgeschlagen, aber nicht angerufen. Haben Sie wirklich, nur ein paar Schritte von Ihrer Wohnung entfernt, die besagte Telefonzelle benutzt und dort Ihre Brieftasche vergessen?
Ich habe mir das Paßfoto angeschaut, es könnte das von Marlene Dietrich sein. Ich werde an den drei folgenden Tagen am Franziskanerplatz spazierengehen, nachmittags zwischen vier und fünf. Wenn ich sehe, daß das Bild im Paß Ihres ist, gebe ich Ihnen die Brieftasche, in der sich außer Paß und Geld auch noch Nacktfotos befinden. Ich bin blond, sechzehn Jahre alt und Gymnasiast.

Hochachtungsvoll

Alexander Schapira

Alice, meine Geliebte! Wien, 5. Juni 1961

Es ist nicht zu fassen. Meine Eltern wollen die ganzen Sommerferien auf einer blöden Kreuzfahrt verbringen, und ich muß mit. So lang halte ich es ohne Dich aber nicht aus. Kannst Du nicht Deinen Mann dazu bewegen, Dich auf dieselbe Kreuzfahrt zu schicken? Ich lege einen Prospekt bei. Oder wenn er Dich nicht läßt, ist es immer noch besser, wenn er mitkommt und das Meer malt, während wir ...

Es ist besser, wenn Du mir auch nicht per Post schreibst. Bleiben wir dabei, unsere Briefe an die Unterseite der Platte zu kleben, auf der die Telefonbücher liegen. Schreib mir, wann bei Dir die Luft wieder rein ist. Ich kann es kaum erwarten.

Dein Alexander

Weihnachten 1968

Mein Liebling!

Es hat geklappt! Ich habe die Kanzlei in der Singerstraße übernommen. Das ist mein Weihnachtsgeschenk an Dich. Hinter einer Tapetentür, die keiner bemerkt, richte ich unser Nest ein. Komm bald!

Dein Alexander

20. Juli 1970

Du weichst mir aus. Du gehst nicht ans Telefon. Du gefällst Dir darin, unerreichbar für mich zu sein. Aber so geht das nicht! Es war Dein Wunsch, von A. befreit zu werden. Und Dein Wille. Ich hab es für Dich getan. Und für Dein Kind, das vielleicht unseres ist. Oder auch nicht, aber dann hast Du gelogen. Wenn Du nicht gelogen hast, sollte es bei uns beiden aufwachsen. Ich halte eine halbes Trauerjahr für genug. Trotzdem wäre Hochzeit ohne Öffentlichkeit ratsam. Liz, bitte! Hör auf, mit mir Verstecken zu spielen. Du weißt, daß ich gerade das nicht vertrage. Schreib oder ruf an, aber gleich!

A.

3. November 1984

Meine Beste!

Hälst Du es für klug, mir Vorwürfe zu machen? Die Basis einer soliden Freundschaft gefährdest Du damit jedenfalls. Ich führe Deine Geschäfte, verwalte Dein Vermögen - alles dies, bitte, gratis! - und kümmere mich auch sonst um Dich und Deine eingebildeten Probleme. Daß ich mein Leben genieße, geht Dich - pardon! - wirklich nichts an. Daß Du die erste Frau in meinem Bett warst, berechtigt Dich nicht, mir überall aufzulauern und mit Skandalen zu drohen. Sei vernünftig! Ich war einmal bereit, Dich zu heiraten, und bin es jetzt nicht mehr. Du bist in den gefährlichen Jahren, in die schließlich jede Frau kommt, ohne sich deshalb aufzuführen wie eine Verrückte. Nimm Dir einen Liebhaber, Du bist reich genug!

A. Schapira

Liebe Alice!

Mein Gott, vierundzwanzig? Wie die Zeit vergeht. Ich sehe den kleinen Alexander noch auf Deinem Schoß. Und natürlich bin ich Dir und auch ihm gerne gefällig. Er kann als männliches Vorzimmerfräulein bei mir eintreten, und wenn er sich als brauchbar erweist, als mein Sekretär. Mach Dir keine Gedanken wegen seiner, wie Du schreibst, morbiden Interessen. Wir verstehen nichts mehr von den jungen Leuten, das ist eine traurige Tatsache. Doch verspreche ich Dir, daß ihm beim Arbeitstempo in meiner Kanzlei das Sinnieren und Grübeln schon bald abhandenkommt.

Er soll sich bei mir melden. Ob Du ihn dabei begleitest, überlasse ich Dir.

Herzlichst,
Alexander

P.S.: Geht es Deinem Knie wieder besser?

Noch immer Montag

Was soll das heißen, Alice? Ändere Dein Testament, wie Du Lust hast. Ich brauche Dein Geld nicht. Aber unterlaß diese Begründungen und Anspielungen. Ich habe Dir seinerzeit einen Gefallen getan. Drehst Du mir daraus einen Strick? Dann erwarte von mir nicht, daß ich den Kavalier spiele. Juristisch bedeutet es nichts mehr. Aber ich werde es nicht zulassen, daß Du meinen Ruf ruinierst.

Falls Du bis dahin noch immer nicht ans Telefon gehst, komme ich gegen Abend zu Dir. Und hoffe, Dich bei Vernunft anzutreffen.

A.

Da ist noch etwas im Kuvert. Ich greife hinein und ziehe meine verschwundenen Fotografien von Harpers Totenmaske heraus. Gerieten sie da hinein, als ich sie seinem Gespenst zeigte? Oder, oder ... nein, darüber will ich nicht nachdenken, nicht jetzt.
Ich atme erst einmal tief durch. Das ist ja ein Ding! Viel sympathischer macht es mir Schapira zwar nicht. Aber doch ein bißchen. Jedenfalls setzen die Mosaiksteine sich lückenlos zusammen zum Bild. Keinem schönen Bild ...

Mit sechzehn hat Schapira sich in die fast doppelt so alte Alice Harper verliebt, obwohl er bis zum ersten Rendezvous auch noch Erpressung in Betracht zog. Was die Nacktfotos betrifft – als Tingeltangel-Tänzerin waren sie wohl nichts Ungewöhnliches für Alice. Und für ihren Ehemann Harper? Schwer, eigentlich gar nicht, zu entscheiden. Falls es sich um paarweise Nacktheit handelte, diente sie ihm vielleicht sogar als Motiv und Modell für seine Bilder.
Was beim pubertären Schapira als sexuelle Besessenheit begann, scheint sich später möglicherweise in Liebe verwandelt zu haben. Wie gesagt, möglicherweise. Jedenfalls

hat er den Ehemann von Alice umgebracht, auf ihren ausgesprochenen oder unausgesprochenen Wunsch. Sie muß ihm gesagt haben, Atti wäre sein Kind. Ob das der Wahrheit entsprach, läßt sich nicht mehr feststellen. Schapira wollte die Witwe heiraten. Aber sie ging radikal auf Distanz. Warum, bleibt wohl ihr Geheimnis. Überwältigte sie das schlechte Gewissen? Bereute sie, haßte nun gar den Mörder?
Oder war der Liebhaber ihr langweilig geworden. Sie war nun reich. Wollte sie ihren Reichtum in Freiheit genießen? Müßige Fragen. Schapira reagierte gereizt, ungeduldig, verletzt. Und bedrängte sie weiter.
Mehr als ein Dutzend Jahre später bedrängte sie ihn. Er war äußerst ärgerlich, als sie auf einmal darauf bestand, sein Leben zu teilen. Keinesfalls war er dazu bereit. Alice war zu dem Zeitpunkt ganz gewiß nicht mehr reizvoll, und ihr Charme war längst in Hysterie untergegangen. Jetzt war sie ihm nur mehr lästig, und das zeigte er auch. Zeigte es zynisch und brutal.
Zehn Jahre später sind sie, wenigstens scheinbar, befreundet. Von Liebe und Haß keine Spur mehr, soweit es Schapira betrifft. Alice hat wahrscheinlich die Demütigungen, die sie durch ihn erfuhr, nie ganz vergessen, wenn sie ihn auch wie einen guten Familienanwalt um Hilfe und Rat bat. Es war keine Rede mehr davon, daß Atti sein Sohn war. Das schien längst schon kein Thema mehr zu sein. Doch versuchte Schapira aufrichtig, ihre Sorgen zu zerstreuen. Die Mutter eines möglichen Genies zu sein, überforderte eine Frau wie Alice. Ob er wirklich eines war, weiß ich nicht. Doch war sie weit davon entfernt, es auch nur zu erwägen. Sie zweifelte an seiner intellektuellen und psychischen Gesundheit. Das muß schlimm für beide gewesen sein. Schapira erwies Alice, und zwar zum zweiten Mal, einen großen Gefallen. Er stellte Atti als seinen Sekretär ein.

Sekretäre sehen bekanntlich viel. Und warum sollte er der Neugier der eigenen Mutter nicht nachgeben? Gewiß wollte sie alles, was mit Schapiras Leben zusammenhing, wissen. Atti konnte sich nichts dabei denken, als er unschuldig plauderte. So gewann sie vernichtende Einblicke in sein Leben. Schapira, der Gesellschaftslöwe, Star im Gerichtssaal wie auf dem Tennisplatz und außerordentlich begehrt als Liebhaber schöner Damen.

Das muß sie um den Verstand gebracht haben. Nun konnte sie ihm nichts mehr verzeihen. Daß sie selbst ihn zurückgewiesen hatte, daß später er sie zurückwies, und sogar ihre Witwenschaft nahm sie ihm übel.

Irgendwann hatte sie ein Testament aufgesetzt, in dem sie Schapira und Atti gleichermaßen zu ihren Erben einsetzte. Zurückgezogen, wie sie lebte - freiwillig oder nicht - kannte sie kaum jemanden sonst. Aber jetzt sollte er nichts bekommen, keinen Schilling! Sie würde ein neues Testament aufsetzen und den einstigen Liebhaber enterben. Damit nicht genug, machte sie versteckte - oder nicht einmal so versteckte - Drohungen, den Mord an ihrem Ehemann publik zu machen, verjährt oder nicht. Noch einmal, zum letzten Mal, stand sie in Flammen. Ihre Rachsucht nahm fast den Charakter einer Leidenschaft an. Daß er glücklich war, ohne sie glücklich, ertrug sie nicht. Jetzt wollte sie ihn zerstören.

War es so? Ich zweifle nicht daran. Die sieben Briefe, lächerliches Psychogramm einer Liebe, sprechen eine deutliche Sprache. Hat er den letzten mit der Post geschickt oder durch Boten? Gewiß ging Schapira nicht mit der Absicht, sie zu ermorden, zu Alice. Er wollte sie nur zur Vernunft bringen. Der Strick, den sie ihm drehte, würde auch ihr eigener sein. Und noch immer hatte er ja, wie er glaubte, den gewissen Einfluß auf sie. Vielleicht, wenn es

nicht anders ging, müßte er sie noch einmal in die Arme nehmen. Kann sein, daß er bei dieser Aussicht den Kopf verlor. Er sperrte die Wohnung in der Blutgasse mit den Schlüsseln, die er noch immer von ihr hatte, auf. Sie war nicht zuhause. Gut, dann würde er eben warten. Stöberte er, um sich die Zeit zu vertreiben, in ihren Sachen herum? Oder hing die Totenmaske gar an der Wand? Das kann ich mir schwer vorstellen. Eher wurde sie in einer Schuhschachtel auf dem Schrank aufbewahrt. Nur mäßig neugierig, öffnete er die Schachtel. Und blitzartig war ihm der Plan klar.
Ein sehr einfacher Plan. Schlug er fehl, würde er ihm höchstens als Geschmacklosigkeit ausgelegt werden. Gelang er aber, waren seine Probleme gelöst. Ob er auch solche finanzieller Natur hatte, wäre zu untersuchen.
Schapira setzte sich an Alices schwarzen Schreibtisch und hielt, die Arme aufgestützt, mit beiden Händen Harpers Totenmaske vor sein Gesicht. Er hörte, wie Alice heimkam. Daß ihr Herz mindestens ebenso schwach war wie ihre Nerven, wußte er. Sie stieß einen Schrei aus, als sie ihn sah, und stürzte. Sie war sofort tot. Doch daß sie schreien würde, hatte er nicht bedacht. Und er konnte nicht wissen, daß Atti gerade unten vorbeiging und den Schrei hörte.
Es blieb keine Zeit mehr, nach seinen jetzt inkriminierenden Briefen zu suchen. Als Atti angerannt kam, versteckte Schapira sich und schlich unbemerkt davon. Verbarg wohl auch noch auf der Straße sein Gesicht unter der Maske und blieb so anonym.
Warum aber brachte er sie in die eigene Wohnung? Fühlte er sich so sicher? Andererseits, wie und wo sollte er sie loswerden? Fand man sie nämlich, wies sie immerhin eine Spur. Auch dachte er wohl, er könnte sie am unauffälligsten in seine eigene Maskensammlung einschmuggeln. Was ihm um ein Haar auch gelang.

Als er später in die Blutgassen-Wohnung zurückkehrte, war zwar die Tote noch da. Aber ich auch! Die Wohnungstür, die leise ins Schloß schnappte, und niemand kam aus dem Haus. Vielleicht versteckte er sich unter der Treppe. Und kehrte zurück, als ich ging. Doch nun waren die Briefe verschwunden. Klar, mit denen saß ich im ‚Grünen Anker' und wartete vergebens auf Atti.

Hat Schapira geglaubt, Atti hätte, als er Alice fand, die Briefe an sich genommen? Ist er ihm gefolgt? Möglich, daß Atti über die Taborstraße und durch den Augarten zum Gaußplatz ging, wo er nur schnell einen neuen Einfall in die Schreibmaschine tippen wollte, über seinen explodierenden Gott oder was immer. Um die Zeit müßte der Augarten schon ziemlich leer gewesen sein. Wodurch sich Schapira verriet, falls er das überhaupt tat, oder ob er selbst nun die Nerven verlor und Atti beschuldigte, werden wir wohl niemals erfahren. Möglich auch, daß Atti sich mit der roten Katze auf den Weg zu mir machte, durch den Augarten gleichfalls. Die Katze konnte ein bißchen Gras fressen und am Ende mit Rawuzl spielen, das war sogar, falls er sie hatte, eine sehr nette Idee. Und da kam beiden, Atti und der Roten, auf einmal der maßlos erregte Schapira entgegen. Was dann passierte, kann ich vorläufig nur vermuten. Die Leiche in den Flakturm zu zerren, ist jedenfalls logisch. Und die kleine Katze lief zu ihrem Herrchen ...

Kleine rote Katze, Fuxi! Sie sitzt auf dem Fensterbrett, und ich hole sie. Heute möchte ich nichts mehr denken, nur schlafen. Und dabei eine Katze im Arm halten, oder zwei. Besser, Gott wäre nie explodiert! Jetzt habe ich doch etwas gedacht. Ich stelle mir ein schwarzes Meer vor und gehe langsam in ihm unter.

UNTERSCHÄTZT

Am nächsten Morgen stehe ich vor der Wahl, entweder Hanno sofort mit meiner Entdeckung des dreifachen Mörders Schapira zu überfallen, aber bestimmt ist er noch nicht im Amt. Oder bis viertel zwölf zu warten und ihm alles zwischen Kohlsuppe und Erdäpfelpuffer zu erzählen. Oder meine Lorbeeren selber zu pflücken, ich kann sie ja in den Kochtopf tun, wenn ich mir aus ihnen keinen Kranz flechten will.

Klug ist die Idee mit den Lorbeeren nicht. Bin ich so eitel oder so neugierig, daß ich ihr nicht widerstehe? Abenteuerlust ist vielleicht auch dabei. Schon möglich, daß Schapira noch einen vierten Mord begeht. Aber doch nicht in der eigenen Kanzlei! Sobald ich sie verlasse, muß ich natürlich auf der Hut sein. Hanno wird mir einen Inspektor, der mich bewacht, zuteilen müssen. Falls er den Job aus Dankbarkeit nicht selbst übernimmt. Die Schlagzeilen in den Zeitungen kann ich gut brauchen. Die Klienten werden mir die Tür nur so einrennen, und der Bank zahle ich dann auch keine Verzugszinsen mehr.

Schon wieder macht mir die Weißhaarige mit der Ringerfigur auf. Ich schaue ihr scharf in die sanften braunen Augen. Könnte ja sein, daß sie in Wirklichkeit ein Mann ist. Ein als Vorzimmerfräulein verkleideter Killer, den Schapira für lästige Leute wie mich engagiert hat.

„O“, sagt sie mit ihrer verdächtigen Baßstimme. „Sie wollen zu Doktor Schapira, tut mir leid. Er ist sehr beschäftigt.“

„Er wird es Ihnen niemals verzeihen, wenn Sie mich nicht vorlassen“, erkläre ich selbstbewußt. „Übrigens, was ist aus dem Fall Bartram geworden, neulich?“ „Wir haben ihn verloren“, sie seufzt. „So etwas kann immer wieder passieren.

Es gibt Richter, die dürften gar keine sein.“ „Wie recht Sie haben! Und ich brauche nur zwei Minuten.“ „Also gut“, gibt sie nach. „Aber wirklich nicht mehr!“
Gleich darauf bin ich im Allerheiligsten. Chrom und Kuhfell und so weiter, und Schapira blickt ärgerlich von irgendeinem Akt auf. „Was wollen Sie denn noch immer?“ fragt er. Wenigstens höflich könnte er sein! Es gibt auch höfliche Mörder.
„Ich habe Ihre Briefe an Alice Harper“, sage ich. „Zumindest die wichtigen. Und ich habe die einzig möglichen Schlüsse aus ihnen gezogen. Ich habe auch Attis rote Katze und eine Fotografie von Harpers Totenmaske an der Wand Ihres Zimmers.“ Er starrt mich an. Seine graubraunen Augen sind jetzt giftgrün wie der Turban der alten Alice. „Und?“ fragt er. Sonst nichts. Ich gerate eine bißchen aus dem Konzept, obwohl ich gar keines habe. „Wie haben Sie Harper getötet?“ frage ich. „Ach, das!“ Und er grinst mich an. „Ich habe ihn in seine eigene Leinwand gewickelt, bis er erstickt ist. Es war eine bemalte Leinwand.“
Offensichtlich habe ich ihn ebenso unterschätzt, wie er mich. „Zufällig“, sage ich, „habe ich heute keinen Sinn für Humor.“ „Den haben Frauen doch nie!“ sagt er ganz freundlich. „Kindchen, was ist nur mit Ihnen los?“
Nein, ich werde nicht abziehen wie ein begossener Pudel. „Sie leugnen drei Morde?“ frage ich ihn. „Ich leugne was?“ Auf Unverfrorenheit muß man als Detektiv doch gefaßt sein, wieso bin ich es nicht? Wahrscheinlich vermaßle ich alles. Wäre doch Hanno jetzt hier!
„Sie haben sich ein paar interessante Auftritte in meiner Kanzlei erlaubt“, sagt Schapira nun kühl. „Das reicht, finde ich. Jetzt suchen Sie sich, schlage ich vor, eine andere Bühne.“ Damit bin ich entlassen. Als hätte ich soeben eine Fünf in Mathematik bekommen, was mir häufig passiert ist,

stehe ich vor dem Lift. Und dann stehe ich nicht mehr, sondern falle.

DAS FREMDE BETT

Ich muß geschlafen haben. Aber ich erwache schon wieder in einem fremden Bett. Und auch der Mann, der an meinem Bett sitzt, ist fremd. Groß und hager, schwarzhaarig, Brille. Daß ich die Augen aufmache, scheint ihn zu freuen. Scheint ihn ganz ungemein zu freuen, denn die Gläser seiner Brille beschlagen sich. „Gott sei Dank“, murmelt er. „Oder wem immer!“ Aber statt meine Gesellschaft zu genießen, steht er auf und geht fort.

Über mir ist ein Gestell, und darauf erkenne ich eine Klingel. Ich betätige sie, und eine Krankenschwester eilt herbei. „Was ist los?“ frage ich. „Wo bin ich denn, und warum?“ Dabei erkenne ich meine eigene Stimme nicht mehr, sie ist schlaff wie ein Luftballon ohne Luft.

„Sie sind in den Liftschacht gefallen“, sagt die Schwester. Sie schaut fürsorglich und mütterlich aus, und sehr rundlich. „Vermutlich ein Defekt. Aber Sie hatten Glück, daß gerade ein Kriminalinspektor vorbeikam. Manchmal kommt stundenlang niemand vorbei an einem Lift. Der Inspektor hat alles veranlaßt.“ „Was veranlaßt?“ „Die Rettung und so. Das Spitalsbett. Sie liegen in der berühmten Poliklinik, in der Arthur Schnitzler Arzt war.“

Mir dreht sich alles im Kopf. Ich erinnere mich nur daran, daß ich zum Lift ging. Aber nachher an nichts mehr, oder doch? War da nicht ein Fall? „Hanno Lenz“, sage ich. „Hieß der Inspektor, der Gruppeninspektor, vielleicht Hanno

Lenz?“ „Weiß ich nicht“, sagt sie, „aber ich kann fragen. Möchten Sie etwas? Tee, Milch, Schokolade?“ „Nein, höchstens Bier. Bin ich verletzt, schwer?“ „Sie haben Glück gehabt“, sagt die Schwester. „Aber natürlich haben Sie einen Schock.“

Habe ich nicht! Zwar falle ich nicht alle Tage in einen Liftschacht, und wieso eigentlich ist das passiert? Schapira! Er wollte mich schachmatt setzen, das ist es. Bevor ich zu erzählen anfange. Aber woher wußte er, daß ich gewissermaßen jungfräulich zu ihm kam?

„Der Herr vorhin“, sage ich. „Der schwarzhaarige Herr mit Brillen. Wer war das?“ „O!“ Die Schwester ist ganz erschrocken. „Sie haben Besuchsverbot. Nur bis auf weiteres, wegen des Schocks. War jemand bei Ihnen?“ „Vielleicht“, sage ich und weiß nicht, warum, „habe ich nur geträumt.“

„Sie müssen sich jetzt schonen“, sagt die mollige Liebe. „Gott sei Dank ist nichts gebrochen.“

Gott sei Dank ... Das erinnert mich wieder an Atti und alles, was zusammenhängt mit ihm. Nicht nur Gottes Zerstreuung in die unendlichen Welten, obwohl mir die Idee im Augenblick gar nicht absurd vorkommt.

Absurd aber ist der nächste Besucher, obwohl kein Besucher erlaubt ist! Schapira persönlich, und völlig zerknirscht. „Ich werde mir das nie verzeihen“, sagt er. „Wäre ich etwas höflicher gewesen ...“

„Haben Sie mich in den Liftschacht gestoßen? Ich frage aus purer Neugier.“ „Sie haben den Schapira-Komplex“, und er lächelt sogar. „Hab ich Ihnen nicht schon einmal einen netten Psychiater empfohlen? Ich werde stolz darauf sein, als brandneuer Komplex in die Psychiatrie einzugehen.“ Darauf gebe ich gar keine Antwort. „Ich komme selbstverständlich für die Kosten auf. Einzelzimmer und so weiter. Wahr-

scheinlich wird man Sie in einem oder zwei Tagen entlassen. Unser Lift ist, wie die meisten, anfällig für Defekte. Ich habe dafür gesorgt, daß er sofort repariert wird." Aha, er hat Spuren verwischt. Man kann jetzt nicht mehr nachweisen, wie er den Lift manipuliert hat. „Wieso Sie? Um so etwas hat sich die Hausverwaltung zu kümmern." „Ich verwalte das Haus selbst", sagt er. „Es gehört nämlich mir."
Ich starre ihm nach, wie er mit einer sarkastischen Verbeugung durch die Türe verschwindet. Schachmatt. Ich fühle mich direkt schachmatt. Nein, nicht ganz! Denn ich habe die Briefe. Und die Fotografie der Maske an seiner Wand. In meiner Handtasche habe ich sie, denn ich wollte sie Hanno übergeben. Meine Handtasche, die rote ... Wo ist sie? Ich sehe sie nirgends. Erschrocken läute ich nach der Schwester.
„Ja, Lenz", sagt sie. „Ich hab mich erkundigt. Der Herr Kriminalinspektor, der Sie hier einliefern ließ, heißt Hanno Lenz. Und ich soll Ihnen ausrichten, daß er Sie in der nächsten Viertelstunde besucht. Aber vorher ist noch Visite."
Lieber Hanno! Eine Stimme aus dem Jenseits muß ihn in die Singerstraße geschickt haben. Vor Freude oder was immer steigen mir Tränen in die Augen. „Würden Sie mir bitte meine Handtasche reichen?" „Ihre Handtasche?" Verwirrt schaut sie sich um. „Soviel ich weiß, hatten sie keine bei sich."
Also war alles umsonst. Schapira hat sie mir abgenommen, als er mich in den Schacht stieß. Die Handtasche mit den Beweisen. Ich fange an, am ganzen Körper zu zittern. Und ausgerechnet jetzt kommt auch noch die Visite ins Zimmer. Der Herr an der Spitze, im weißen Mantel, ist sicher der Primarius. Die anderen haben auch weiße Mäntel, aber sie schauen nicht mich, sondern ehrfürchtig den Herrn Primarius an. „Wie geht es denn?" fragt er. Seine Stimme ist tief

wie ein Brunnen. „Gut“, will ich sagen. Aber stattdessen breche ich endgültig in Tränen aus. Ohne Handtasche habe ich auch kein Schnupftuch, es ist wirklich sehr peinlich. Ich weinte, glaube ich, ziemlich lang. „Da“, sagt die Brunnenstimme. „Nehmen Sie meins.“ Ich schneuze mich ausgiebig. Wir sind jetzt, wie ich feststelle, allein. Alle anderen Weißmäntel, männlich und weiblich, haben wohl die Flucht ergriffen. „Es tut mir leid“, und ich schniefe ein allerletztes Mal auf. „Ich lasse mich sonst nicht so gehen.“ „Für ein Mädchen, das soeben in den Liftschacht gefallen ist, sind Sie sehr beherrscht.“ Er lächelt, und seine schiefergrauen Augen lächeln auch. „Tut etwas weh?“ „Ich weiß nicht“, sage ich. Und fühle im gleichen Augenblick, wie alles mir weh tut.

Er schickt sich an, mir eine Spritze zu geben. „Nur zur Beruhigung“, sagt er. „Das wird Ihnen gut tun.“ „Nein!“ Und ich stoße seinen Arm mit der Spritze zurück. „Entschuldigen Sie. Aber ich darf mich jetzt nicht beruhigen. Später vielleicht.“

Er verbirgt seine Belustigung und bleibt ernst. „Sie möchten sich erst später beruhigen?“ „Nein. Ja. Es ist nicht persönlich, wissen Sie.“ „Sondern?“ „Beruflich. Aus beruflichen Gründen kann ich mich, im Moment, unmöglich beruhigen. Sie verstehen?“ „Was für einen Beruf haben Sie denn?“ „Privatdetektivin.“ Er schaut auf die Tafel über meinem Bett. „Floralind Lerner, zweiundzwanzig. Schon lang? Ich meine, sind Sie schon lang Detektivin?“ „Nicht sehr lang. Aber da gibt es einen Fall.“ „In den Liftschacht, ich weiß.“ „Nein, es handelt sich um einen dreifachen Mörder. Fast vierfach, denn er hat mich gestoßen. Und das muß ich alles dem Kriminalinspektor erzählen, wenn er kommt.“ Er legt mir die Hand auf die Stirn. „Ist das wahr?“ „Natürlich, und ich habe kein Fieber.“ „Nein, haben Sie nicht. Ich

komme später noch einmal vorbei. Und sagen Sie dem Inspektor, er soll sich, bevor er geht, bei mir melden.“ „Sie sind der Primarius?“ „Böhmer“, sagt er. „Franz Böhmer.“ Dann geht er.
Eigentlich schade.

DER ERTRUNKENE

Seit der Visite sind drei Tage vergangen. Der Herr Primarius hat mich heute entlassen. Das heißt, er übergab mich persönlich meinem Inspektor. „Fräulein Lerner braucht jetzt keinen Arzt mehr“, sagte er, „sondern einen Schutzengel. Einen Kriminalengel, falls es so etwas gibt.“ Und er zwinkerte Hanno zu. „Danke“, sage ich. „Danke für alles.“ Ich möchte ihn wirklich gern wiedersehen, und das sage ich auch. „Versprochen!“ Und er gibt mir die Hand. „Aber Sie brauchen deshalb nicht noch einmal in den Liftschacht zu fallen.“
Zur Feier meines Überlebens haben wir beim ‚Kern‘ Frühlingssalat und Haferrisotto gegessen. „Vergiß die Tasche“, sagt Hanno. „Statt der roten schenke ich dir eine blaue. Oder grün?“ „Wenn die Mörderbriefe drin sind und die Fotografie von der Maske, ist mir jede Farbe recht.“ „Ich weiß“, sagt er. „Und ich habe einen Hausdurchsuchungsbefehl.“ Wunderbar! „Da komme ich mit!“ „Kommst du nicht“, sagt Hanno streng. „Du bist ein artiges Mädchen und gehst jetzt nach Hause.“ „Ich habe ja keine Schlüssel. Die waren auch in der Tasche.“ „Doch nicht auf den Gaußplatz! Du gehst in die Nikolaigasse. Der australische Freund erwartet dich mit Vergnügen.“

Kann ich mir kaum vorstellen, er kennt mich nicht einmal. Und während ich über den Graben gehe, überlege ich mir, ob jemand, der mich kennt, irgendwer, mich wohl mit Vergnügen erwartet? Aber schon in der Singerstraße schlage ich mir diese schwarzen Gedanken aus dem Kopf. Der übersinnliche Kriminalinspektor, oder nicht? Beinahe sicher freut er sich, wenn er mich sieht. Schapira garantiert nicht, aber das hat seine Gründe. Atti hätte sich vielleicht gefreut. Doch bevor ich es herausfinden konnte, war er schon tot. Seine Tonbandstimme, falls es überhaupt seine war, hätte mir auch etwas anderes sagen können als diesen Blödsinn vom Garten. Ein Horrorgarten! Spazierengehen würde ich dort jedenfalls nie. Entweder existiert man, oder man existiert nicht. Man kann nicht in einer Zeit tot sein, und in einer anderen wieder lebendig. Obwohl während ich denke irgendetwas in meinem Kopf zirpt. Eine Grille. „In meinem Kopf zirpt eine Grille."

Um Himmels willen, habe ich das wirklich jetzt laut gesagt? Während ich an meiner eigenen Tür klingle und ein Fremder mir öffnet. Er ist ziemlich groß, ziemlich mager, und ein fuchsfarbener Vollbart wächst in seinem Gesicht, von dem man außer einer schmalrückigen Nase und Bernsteinaugen kaum etwas sieht. Die Augen erinnern mich an etwas. Rawuzl? Ja, sicher. Mein Kater hat solche Augen. Normalerweise zwei, wenn nicht eines gerade grün ist. „Eine Grille? Sind Sie ganz sicher?" Seine Stimme ist ein bißchen zerkratzt. Wie eine alte, zu oft gespielte Schallplatte. Und wegen des Fuchsbarts erkenne ich nicht, ob er lächelt. Er tritt zwei Schritte zurück und macht eine einladende Bewegung mit der Hand. Einer auffallend schönen Hand, die mir irgendwie auch bekannt vorkommt, obwohl sie mich bestimmt nicht an Rawuzls Pfoten erinnert.

„Ganz sicher", sage ich. „Normalerweise sind es sogar zwei

bis drei Grillen. Aber ich hatte auch schon einen Delphin in meinem Kopf. Wußten Sie, daß Delphine singen?" „Aber ja", sagt er, ohne mit der Wimper zu zucken. „Ich kenne kaum Schöneres, als ihren Gesang. Sie sind zu beneiden!" Jetzt reicht es, was soll die idiotische Konversation? Sind wir zwei Clowns, die gerade im Zirkus auftreten? Ich gehe in die Wohnung hinein, es ist immerhin meine. „Sie sind der Untermieter, nehme ich an?"

„Kaffee?" fragt er statt einer Antwort. „Natürlich bin ich nicht sicher, daß er so gut ist wie in der AIDA." „Ich koche ihn sowieso schon lang selbst", sage ich. „Schlechte Zeiten." „Das", sagt er betroffen, „tut mir leid." Aber wieso ist er betroffen? Ihm kann es doch egal sein, ob ich am Hungertuch oder einem Gänsebein nage. Das wirklich Verrückte aber ist, daß ich des Rätsels Lösung im Kaffee trinke. Buchstäblich trinke!

Bitter, und mit einer Spur Ingwer und Zimt. Als ich nach dem zweiten oder dritten Schluck zu weinen anfange, zieht er mich behutsam an sich und streichelt mein Haar, bis es völlig zerrauft ist. „Du bist gar nicht ertrunken", schluchze ich in seine weiße Hemdbrust hinein. „Nicht ganz", sagt er. „Aber das weißt du doch? Stand alles in meinem Brief." „Als Fanny mich in die Donau stieß", zitiere ich wie im Traum, „erkannte ich meine Chance. Als Toter würde es leichter sein, der Spur des Wassers zu folgen. Sie führte direkt nach Australien ..." Er legt mir rasch seine Hand auf den Mund. „Du kannst den Brief auswendig?" „Früher hab ich ihn alle Tage gelesen, und nicht nur einmal. Er war alles, was von der Familie übrigblieb." „Jetzt kannst du ihn verbrennen", sagt er. „Es ist wahrscheinlich sogar besser so."

Ich nicke, schraube Richard Wagners Kopf von der Gipsbüste ab und hole Papas Brief aus seinem Hals. „Also das Versteck kenne nicht einmal ich!" „Klar", sage ich. „Oder glaubst du, daß ich keine Geheimnisse habe?" „Hoffentlich!" Und er schaut mich mit dieser zärtlichen Ironie, die ich wirklich vermißt habe, an. „Hoffentlich hast du Geheimnisse, Flo." Dann verbrennen wir seinen Brief gemeinsam im Schirmständer, er ist aus Messing, und als er endlich verbrannt ist, falle ich Papa um den Hals. Meinem über alles geliebten Papa, Theologe, Physiker, Mörder.

Auf die Gefahr hin, daß mich jetzt nicht jeder versteht - ich kann die schauerliche Kriminalgeschichte nicht noch einmal erzählen. Erstens hätten wir den Brief sonst nicht verbrennen müssen, und zweitens steht alles genau in der ‚Pestsäule' drin, falls es wirklich jemanden interessiert. Nur soviel: Papa ist vor einem halben Jahr spurlos in der Donau verschwunden, und auf einmal steht er wieder vor mir, wenn er auch ein bißchen anders aussieht als vorher.

„Gut paßt dir der Bart", sage ich, obwohl er fürchterlich kratzt. „Und wieso sind dir auf dem Kopf wieder so viele Haare gewachsen, und noch dazu schwarz?" Er lacht, als er die Perücke abnimmt, unter der er seine dünnen fuchsroten Haare verbarg.

„Hat dich außer mir noch jemand erkannt?" „Zum Glück nein! Und du erkanntest auch nur meinen Kaffee." „Und der Kriminalinspektor?" „Ich möchte nicht", sagt er, „daß du mich das noch einmal fragst. Schließlich brauchen wir alle Gipsköpfe zum Abschrauben."

Dann sitzen wir gemütlich in der Küche wie früher und trinken australischen Wein, den er mitgebracht hat. Die Perücke liegt friedlich in der Tischlade. „Komisch", sage ich. „Du schaust irgendwie jünger aus." „Das kommt von den Schafen", sagt er. „Wenn man, statt am Schreibtisch, auf einer Weide arbeitet, bekommt man andere Farben. Übrigens, Tiere. Was macht unser Kater?"

Da erzähle ich ihm von Rawuzls Augen, die manchmal gleich sind und manchmal verschieden. Und weil ich schon dabei bin, erzähle ich ihm alles andere auch. Von Anfang an, und er unterbricht mich nicht ein einziges Mal. Seine Augen werden dunkel in der Dämmerung, alles wird dunkel, aber wir machen kein Licht.

TROMPETENSOLO

„Sollen wir ihn nicht holen?“ fragt Papa, als es schon ganz finster ist. „Ich meine Rawuzl.“ Sonst sagt er gar nichts. Kein Wort, nicht ein einziges, zu meiner ganzen Geschichte. „Ich habe keine Schlüssel“, sage ich. „Wenn ich dich recht verstanden habe“, sagt Papa, „kamst du schon einmal mit Sperrhaken und Haarnadeln hinein.“
Allein bei der Erinnerung wird mir ganz übel. Der Erinnerung an etwas, das nie geschah. Nicht geschehen sein konnte, denn am Gaußplatz öffnete mir der tote Harper die Tür, Attis Vater, und hielt mich für die Grabsängerin seiner Frau. Atti selbst, damals längst schon erwürgt und im Flakturm, war auch da und forderte mich auf, Schuberts ‚Tod und das Mädchen’ zu singen.
Obwohl es warm ist in der Küche, fange ich an zu zittern. Ich fürchte, ich klappere sogar mit den Zähnen. Papa legt mir seinen Arm um die Schulter. „Komm jetzt“, sagt er. „Es macht keinen guten Eindruck, wenn man mitten in der Nacht einbricht. Acht, neun, spätestens zehn Uhr ...“ Versteht er mich nicht? „Ich hab Angst“, sage ich. „Ich habe schreckliche Angst.“ „Das mußt du nicht“, und er tätschelt meine Wange, als wäre ich noch immer ein Kind. „Wir

reden später darüber. Ich kann, glaube ich, alles erklären."
Da bin ich aber neugierig! Papa setzt seine Perücke wieder auf, und ich suche die Küchenkredenz und dann das Bad nach passenden Werkzeugen zum Einbrechen ab.
Und dann hab ich sie gar nicht gebraucht! Als wir vor der gewissen Tür Gaußplatz elf stehen, kommt nämlich gerade die Trompeterin vorbei. „Wo waren Sie denn?" fragt sie. „Die Katzen haben geschrien." Rawuzl, Fuxi ... Mein Gott, ich hätte irgendetwas tun sollen, jemanden schicken. Es steht zwar immer genug Milch und Wasser und Futter herum, aber war es wirklich genug? „Ich war im Spital", sage ich, „und hab meine Schlüssel verloren." Verhungern Katzen binnen drei Tagen?
„Sie sind ja ganz aufgeregt", sagt die Trompeterin und klopft mir zur Beruhigung fest auf den Rücken. „Keine Sorge, ich hab sie gefüttert. Ich hab einfach einen Schlosser geholt, der mir die Tür aufgesperrt hat. Das war doch in Ordnung?" „In Ordnung? Es war einfach großartig!" Vor lauter Erleichterung gebe ich ihr sogar einen Kuß, und dabei fällt mir die Szene in ihrem Terrassenzimmer wieder ein, und ich fahre, als hätte ich mit einem Krokodil geturtelt, zurück.
„Wollen Sie mir Ihren Freund nicht vorstellen?" fragt sie gekränkt. Meinen Freund, ja. Dabei werden wir bleiben. Die Geschichte mit dem Revolver ist noch lang nicht verjährt. „Bischof Zeppelin", sage ich, weil es das erste ist, was mir einfällt. Dabei habe ich in meinem ganzen Leben noch keinen Bischof kennengelernt. Womöglich kriegt Papa jetzt auch noch Ärger mit dem Papst?
„Ehemaliger Bischof", sagt Papa, küßt der Trompeterin die Hand und rettet die Situation. „Und das ist Lucy Williams, Zirkusclown." „Das stimmt zwar", gibt sie zu. „Doch normalerweise schwindle ich und sage, daß ich den richtigen Clown nur auf meiner Trompete begleite."

Papa ist entzückt. „Einen Clown kennenzulernen, hab ich mir schon immer gewünscht. Vielleicht machen Sie mir das Vergnügen ...“ „Später!“ Ich weiß selbst nicht, warum ich auf einmal zornig werde. „Jetzt möchte ich endlich zu meinen Katzen!“
Die Clownin sperrt auf, sie hat meinen Schlüssel bereits auf ihrem Bund. Womöglich war es doch sie, die Atti erwürgt hat? Und mich in den Liftschacht gestoßen, ich traue ihr das ohne weiteres zu. Sie kann ja zufällig vorbeigekommen sein, oder absichtlich, bestimmt hat sie kein Alibi. Auch keinen Takt, denn sie geht, als gehörte sie zur Familie, mit uns in die Wohnung.
Rawuzl stellt sich an wie ein verlassener Liebhaber. Ich hab ihn enttäuscht, folglich will er von mir nichts mehr wissen. Gleich wird er sich, wie die törichte Fuxi, an den Beinen der Trompeterin reiben. Aber dann kann sie gleich beide behalten! Sogar eine Katze muß wissen, zu wem sie gehört. Papa auch, selbst als Bischof. „Was hältst du von einem netten Abendessen zu dritt?“ „Nichts!“ sage ich. Ist er verrückt geworden? Ein halbes Jahr treibt er sich mysteriös im fünften Erdteil herum, und kaum ist er wieder da, läßt er sich von der erstbesten Mörderin angeln. Nun ja, Menschenkenntnis war nie seine Stärke.
„Also gut“, und er zwinkert mir zu. „Kommst du allein mit den Katzen zurecht? Ich schlage vor, du bringst beide zu mir. Ich kümmere mich schon um sie.“ Er greift in die Tasche und hält mir den Schlüsselbund von der Nikolaigasse hin. Hat man Worte? Mich, seine leibliche Tochter, schickt er nach Haus, um bei Tafelspitz oder gar Gänseleber mit einer Kriminellen zu flirten!
„Ausgezeichnet“, sage ich. „Wirklich, ich komme ausgezeichnet allein zurecht. Überdies bin ich verabredet, also entschuldige mich. Ich bin nämlich in Eile.“ Den Trompe-

tenclown würdige ich nicht eines Blickes. Ich packe beide Katzen ins Körbchen und rausche - jawohl, rausche! - hinaus.

EINE WIESE VOLLER BLUMEN

Jetzt sitzen zwei Katzen auf der Gipsbüste Richard Wagners. Rawuzl, wie immer, auf dem Kopf des Komponisten, und Fuxi auf seiner Schulter. Wagner hat, finde ich, dadurch nur gewonnen. Und Rawuzl liebt mich wieder, was er durch ein paar leidenschaftliche Bisse in meinen Zeigefinger bekräftigte. Wir haben zu dritt den Kühlschrank geplündert, den Papa auf das angenehmste gefüllt hat. Ich könnte ganz zufrieden sein, eigentlich.

Aber ganz und gar bin ich es nicht! Ich habe vielleicht ein Dutzend Mal bei Hanno angerufen, vergeblich, und er bei mir überhaupt nicht. Und Papa kommt und kommt nicht nach Haus, entweder hat die Trompeterin ihn ermordet oder verführt. Jedenfalls habe ich ihm mein ganzes Manuskript auf die blaue Bettdecke gelegt, obwohl ich ihm, was darin steht, bereits erzählt habe. Nur die letzten Absätze kennt er noch nicht. Er soll sie, finde ich, ruhig lesen! Auch die Stelle, wo die Trompeterin sich auf mich, eine beinahe noch Ohnmächtige, stürzte. Das und ein paar andere Sachen ließ ich nämlich aus. Bei der Lektüre gehen ihm die Augen hoffentlich auf!

Als er endlich - nach Mitternacht! - heimkommt, ist er sehr ernst. „Wir treffen uns gleich in der Küche“, sagt er. „Wir haben eine Menge miteinander zu reden.“ Dann geht er in sein Schlafzimmer und kommt nicht mehr heraus. Von Zeit

zu Zeit höre ich das Rascheln von Papier. Verfluchtes Manuskript, will er die ganze Nacht lesen? Um zwei Uhr früh ist noch immer ein Lichtstreif unter der Tür, und ich gehe schlafen.
Am nächsten Morgen weckt mich das Telefon. „Hallo, Flo!“ Mein treuloser Inspektor. „Ich schlafe noch“, sage ich kühl. „Was! Um zehn Uhr?“ „Nachts war dazu keine Zeit.“ „Schaffst du es bis um elf beim ‚Kern’?“ „Klar. Gibt es was Neues?“ „Darauf kannst du dich“, sagt er, „verlassen.“
Ich klopfe an Papas Schlafzimmertür. Keine Antwort. Als ich eintrete, ist das Bett leer. Sauber gemacht und leer. Mein Manuskript liegt auf dem Nachttisch. Fertig gelesen, nehme ich an. Ich höre, wie die Tür aufgesperrt wird. „Frühstück für alle!“ sagt Papa und schwenkt eine Tüte mit frischen Kipferln und eine andere mit Rinderherz für die Katzen. Nicht einmal auf die Milch hat er vergessen.
„Für mich nur Kaffee“, sage ich. „Ich komme sowieso schon zu spät zum Rendezvous.“ Papa mustert mit geheuchelter Verwunderung meinen rosa getupften Pyjama. „Trägt man das jetzt?“ Ich rase ins Bad und komme fünf Minuten später geduscht und total in graue Wildseide gekleidet zurück. Mein Kaffee steht schon auf dem Tisch. „Ich habe dein Manuskript gelesen“, sagt Papa. „Du willst es publizieren?“ „Warum nicht? Wenn ich die wirklichen Namen verändere und meinen Stil glattbügle ... du weißt, ich wollte immer schon schreiben.“
„Glattbügeln“, sagt Papa. „Was verstehst du darunter?“ „Wenn es da und dort spröd ist, glätte ich es. Und wenn sich das eine oder andere Wort auf der gleichen Seite wiederholt, womöglich ein paarmal ...“ „Meinst du das im Ernst?“ Papa schüttelt den Kopf. Dabei fällt ihm ein, daß er noch immer die Perücke aufhat, und er wirft sie lachend auf den Fußboden. Sofort kommen Rawuzl und Fuxi angetollt und

spielen freudig mit ihr Ball. Papa wird sie nie wieder aufsetzen können. „Glaubst du, daß du sie nicht mehr brauchst?" Papa zuckt die Achseln. „Vielleicht schon", gibt er zu. „Aber ich kann sie nicht leiden. Was hältst du davon, wenn ich mir stattdessen die Haare weiß färbe, und den Bart auch?" Er wird aussehen wie achtzig, und bald sechzig ist er sowieso. „Bin ich dann als Freundin für dich nicht zu jung?" „Findest du?" „Eigentlich nicht", lüge ich. „Und Weiß paßt dir bestimmt toll!" „Ich gehe mir damit selbst nur ein paar Schritte voraus. Und außerdem hast du sowieso Rendezvous. Man wird den alten Trottel bemitleiden." „Besser als einsperren", sage ich und gebe ihm einen Kuß.

Ich bin schon unterwegs zur Tür, als er mir leise nachruft: „Ist er nett?" „Ja", erkläre ich voller Begeisterung. „Das ist er!" „Gut, dann verschieben wir unser langes Gespräch, bis du wieder da bist. Ich warte so lang. Und es gibt keinen Grund mehr, dich zu beeilen." Jetzt zögere ich. Was meint er damit? „Nur noch eins", sagt er. „Und mit dem, was ich dir später erzählen werde, hat es nichts zu tun. Aber stell dir eine Wiese vor!" Eine Wiese? Papa hat doch nicht vor dem Frühstück getrunken... Unsicher schaue ich ihn an. „Eine Wiese voller Blumen. Rot, gelb, blau, violett." „Ja, und?" „Zum Beispiel Veilchen", sagt er. „Oder wilder Mohn. Findest du, daß auf so einer Blumenwiese nur alle fünf Meter ein Veilchen stehen darf? Oder ein Maiglöckchen, ein Rittersporn, eine Rose." Ich verstehe noch immer nicht. „Wörter oder Blumen", sagt er. „Laß sie doch sprießen!" „Ach so!" „Na also", sagt er nur. „Du mußt die Wörter nicht ausrupfen, wenn sie manchmal ein bißchen dicht wachsen. Schließlich ist alles Natur."

Ich möchte ihn umarmen, aber dann komme ich zu spät zum ‚Kern'. Also werfe ich ihm eine Kußhand zu und schwebe auf einer kleinen Wolke durch die Tür.

SCHAPIRAS ENDE

Karottensuppe und gefüllte Paprika. Hanno hat mich begrüßt, als käme ich soeben vom Mars. „War ich so weit weg?“ „Du nicht“, sagt er und hält mich mindestens drei Sekunden lang fest. „Ich! Ziemlich weit weg sogar, und ich wußte nicht, ob ich zurückkommen würde.“
Also er ging allein in Schapiras Kanzlei und damit in die Falle. Denn kaum hatte er seinen Hausdurchsuchungsbefehl gezückt, schlug ihm die weißhaarige Ringerin mit den sanften Augen einen Akt auf den Kopf. Es muß schon ein sehr dicker Akt gewesen sein, daß mein Inspektor zu Boden ging. Wahrscheinlich der Akt Bartram, den Schapira angeblich an dem Abend bearbeitete, an dem er sowohl Alice Harper als auch Atti getötet hat. Und natürlich verlor er, völlig unvorbereitet, dann den Prozeß.
Es gefällt mir, daß Hanno mir seine Geschichte mit Humor erzählt. Denn ich halte ihn für die größte aller Tugenden. Der beste Arzt, der beste Psychiater und der beste Politiker wahrscheinlich auch. „Gibt es eigentlich“, frage ich Hanno, „einen Gott des Humors? Oder wenigstens einen Heiligen!“ Verdutzt schluckt er einen Löffel Paradeissauce hinunter. „Wie meinst du das? Und was hat Humor damit zu tun, daß Schapira mich in seinen Safe sperrte?“
Es ist wirklich ganz unverzeihlich, daß ich jetzt lache. Aber wenn Hanno mir nicht verzeiht, stehe ich sofort auf und gehe. Das ist gewissermaßen mein Test. Ich zähle bis ... Also schon bei Fünf lacht er, und viel lauter als ich, mit. „Komisch war es schon“, gibt er zu, „zwischen lauter Wertpapieren, Testamenten und unversteuerten Devisen zu sitzen. Schapira muß entweder auf meine Ehrlichkeit oder meinen Tod vertraut haben, und beinahe wäre ich ja er-

stickt. Aber knapp davor hat mich die sanfte Ringerin mit der Baßstimme befreit." Schapiras Sekretärin. Und seine Geliebte wahrscheinlich auch.

Hört Hanno mich denken? „Schapira scheint sich immer in viel ältere Frauen verliebt zu haben", sagt er. „Und das kannst du nicht einmal mit Humor erklären, obwohl ich dir darin recht gebe, daß er die meisten Psychologen und Psychiater therapeutisch weit übertrifft. Jedenfalls schafft es auch gewisse Probleme. Vor allem, wenn die falsche Mama ins Großmutteralter kommt. Der Liebhaber ist inzwischen zwar auch älter geworden, doch vergeht die Zeit nicht so gleichmäßig, wie wir glauben. Sie macht Sprünge vor und zurück."

Darauf sage ich gar nichts, während ich versuche, mir die Zeit als Ziegenbock vorzustellen oder als Heuschrecke, was beides nicht ganz gelingt. „Warum ließ dich die Pseudogroßmutter aus dem Safe?" frage ich endlich.

Hanno trinkt sein Glas Most in einem Zug leer. „Ich kann es nur vermuten", sagt er. „Sie war von Anfang an in der Kanzlei, also muß sie von Schapiras Verhältnis mit Alice Harper gewußt haben. Schon möglich, daß er seine Gunst auf beide Frauen verteilt hat, ungerecht oder gerecht. Und sie waren so verschieden voneinander, daß es den Reiz der Abwechslung sicher erhöhte. „Waren?" frage ich. „Hat er seine Sekretärin auch umgebracht?"

Hanno schüttelt den Kopf. „Sie muß einen Teil der Geschichte oder die ganze in Erfahrung gebracht haben, zufällig oder durch Spionieren, jedenfalls hat sie ihn erpreßt." „Geld?" „Aber nein", sagt Hanno. „Sie war, trotz ihrer weißen Haare, leidenschaftlich in ihn verliebt. Heiraten wollte sie ihn!" „Aber er sie nicht?" „Inzwischen", sagt Hanno, „hatte er den Reiz frisch geschiedener Tennisspielerinnen entdeckt, allesamt jünger als er. Eine neue und

aufregende Entdeckung, gerade weil er sie so spät machte."
„Also gut. Was ist wirklich passiert?"
„Der Safe öffnete sich plötzlich, und ich stieg heraus. Buchstäblich im letzten Moment, ich hätte keine Viertelstunde mehr überlebt." „Und?" „Du kennst doch die Brieföffner, die man in Spanien und auch sonst überall als Souvenir kaufen kann? Sarazenerdolche und so, allesamt rasiermesserscharf. So einer steckte in Schapiras Rücken. Er selbst lag, mit dem Gesicht auf dem Perserteppich, mitten in seiner chromblitzenden Kanzlei. Und neben ihm saß die Ringerin, wie du sie nennst, obwohl es auch jetzt keine Spuren eines Ringkampfes gab."
„Sie hat ihn erstochen?" „Hinterrücks, obwohl er gewarnt war. ‚Er hat mir die Ehe versprochen' sagte sie, und ihre Baßstimme war vollkommen ruhig. ‚Ich hätte ihm nicht glauben sollen, aber ich tat es. Und vielleicht ist es besser so. Er hätte lebenslänglich bekommen, nicht wahr?'"
„Was hast du gesagt?" „Nichts, sie hat gar keine Antwort erwartet. Denn sie sprang aus dem Sitz direkt vom Boden auf, schon eine bemerkenswerte Leistung für ihre Jahre."
„Und dann?" „Es ging so schnell, ich konnte es nicht verhindern." „Was konntest du nicht verhindern?" „Sie hat mir das Leben gerettet", sagt Hanno leise. „Es war schlimm, als ich den Aufprall dann hörte." „Sie ist aus dem Fenster gesprungen?" „Ja", sagt er. „Durch die geschlossene Scheibe. Sie hatte viel Kraft."

FLO UND CO

In der Nikolaigasse habe ich Papa auch noch den Rest der Geschichte erzählt. Er nickt nur, als hätte er genau das erwartet. „Es gibt so etwas wie ein Schicksalsgen", sagt er. „Natürlich unter keinem Mikroskop nachweisbar." Ich schaue ihn voller Mißtrauen an. „Das hast du erfunden!" „Ja", sagt er. „Soeben. Der arme Schapira hat mich darauf gebracht." „Arm?" „Aber ja, mit so einem Gen ..." Darauf gibt es nichts zu erwidern. Für eine Weile beschäftigen wir uns mit den Katzen.

„Wie war", frage ich endlich, „dein Abendessen mit der Trompeterin?" „Reizend", sagt er. „Ich habe sie zu unserer Housewarming-Party eingeladen." „Zu unserer was?" „Hab ich dir nicht erzählt, daß wir umziehen?" Ich bin offenbar sprachlos, denn ich mache den Mund auf und, da kein Wort herauskommt, wieder zu. „Die Wohnung wird dir gefallen", sagt Papa. „Michaelerplatz, Hofburg. Natürlich keins der Kaisergemächer." Er muß verrückt geworden sein. Das gewisse Gen, offenbar. „Ist es", frage ich besorgt, „erblich?" "Was meinst du?" „Das Schicksalsgen. Kann ich es von dir erben?" „Kaum. Es ist nicht biologisch, weißt du. Eine Art Seelengen, total immateriell. Wenn überhaupt, erbst du es nur von dir selbst." „Verstehe ich nicht." „Das", sagt er und zieht mich ein bißchen an den Haaren, „habe ich fast erwartet."

Ein Verdacht steigt langsam in mir auf. „Glaubst du an Wiedergeburt?" frage ich entsetzt. „Weil jeder sein eigener Vor- und Nachfahre ist und somit sein Erbe?" fragt er zurück. „Ja und nein. Nicht im üblichen Sinn jedenfalls, und mit dem Seelengen hab ich nichts Karmisches gemeint. Sondern das Muster. Man kann es fortsetzen oder verändern. Meistens setzt man es fort. Das Gesetz der Trägheit." Lächelnd und resigniert zuckt er die Achseln. „Die Leute kopieren sich ein Leben lang selbst, darum erfahren sie nur selten etwas wirklich Neues." „Du bist keine Kopie", sage ich, „und dein Leben könnte etwas weniger Abwechslung vertragen. Warum ziehen wir aus?"

„Nicht total! Aber ein bißchen untertauchen möchte ich lieber schon. Und zwar ohne falsche Nasen und Perücken und so weiter. Mein Fräulein Detektiv wird schon wissen, warum. Und da wir gerade dabei sind ..." Er nimmt das DETEKTEI LUNA - Schild von seiner Tür und wirft es in den Papierkorb. „Was hältst du von FLO und CO.?"

„Du willst Detektiv werden?" Also ich bin perplex. „Ich war schon Theologe, Physiker, Schafzüchter. Warum nicht, zur Abwechslung, Detektiv? Ich werde mich Bischof Zeppelin nennen, der Name gefällt mir." „Ohne Paß?" „Ich bin aus dem Nichts aufgetaucht, so etwas kommt vor. Keine Ahnung, wer ich bin! Und das ist nicht einmal eine Lüge. Kurz und gut, mein Gedächtnisverlust ist total. Einziger Anhaltspunkt: ein Bischofsring am Finger." „Wirklich?" Stumm hält er mir seine Hand hin. Beeindruckend. „Muß ich den Ring küssen?" „Ich hab ihn auf dem Flohmarkt gekauft. So weit weg von Europa, daß man keine Spur finden wird."

Lieber, abenteuerlicher Papa! „Aber Flo und Co. kommt nicht in Frage", erkläre ich und fische das Luna-Schild aus dem Papierkorb. „Verlangst du fünfzig Prozent?"

„Bis auf weiteres", sagt er, „verlange ich überhaupt nichts. Schließlich bin ich in Ausbildung bei dir, eine Art Lehrling. Und außerdem ..." Auf einmal wird er ganz verlegen, und ich mache mir sofort Sorgen. Am Ende ist er todkrank und lebt sowieso nicht mehr lang? „Außerdem", sagt er, „bin ich fast reich."

„Da passen wir“, sage ich ganz erleichtert, „gut zusammen. Weil ich nämlich fast arm bin.“ „Jetzt nicht mehr“, sagt Papa. „Heute abend lade ich dich ins ‚Steirereck‘ ein, ins ‚Sacher‘ oder ins ‚Imperial‘.“ „Mit der Trompeterin?“
„Nein“, sagt er. „Nur dich. Hast du übrigens gewußt, daß sie eine Spionin ist?“
„Nein!“ Das muß ich erst einmal schlucken. „Und ich hab sie für eine Mörderin gehalten, blöd, was?“ „Ziemlich blöd“, sagt Papa. „Sie spioniert nicht in Sachen Politik, sondern für einen wissenschaftlichen Konzern.“ Gibt es sowas? Und das hat sie Papa gleich beim ersten Nachtmahl erzählt? Wie so oft, liest er meine Gedanken. „Ich hab mir schon gedacht, daß sie hinter Atti her war und also indirekt hinter mir. Es gibt ein paar Länder, die gerade versuchen, die Zeitnuß zu knacken. Also hab ich ein paar saftige Würmer an meine Angel gehängt und ließ sie in ihr, übrigens bemerkenswert hübsches, Décolleté baumeln.“
Ich verstehe immer nur Bahnhof. „Meinst du Schweizer Uhren oder sowas?“ „Um Himmels willen“, sagt Papa. „Nein! Uhren, ob aus der Schweiz oder sonstwo, zeichnen den Gang einer Illusion auf. Oder vielmehr, sie kopieren unentwegt diese Illusion. Das ist völlig uninteressant. Ebensogut könntest du Spione für Schuhbänder anstellen. Aber die Zeit!“ Er wird direkt verträumt. Ich nicht. Ich spüre einen Angstknoten in mir, und er läßt sich nicht lösen wie Schuhbänder. „Aber die Zeit?“
„Wer sie als erster kontrolliert, also anhalten kann und beliebig verändern, beherrscht die Welt. Die Eroberung der Zeit ist wichtiger, viel wichtiger als die Eroberung des Raums. Verstehst du?“
„Nein“, sage ich. „Wir werden eine Flasche Champagner brauchen, mindestens!“ Gedankenverloren krault Papa mir den Rücken, als wäre ich eine Katze. „Oder zwei Flaschen,

schließlich habe ich alle Schafe äußerst gewinnbringend verkauft."
Ich komme mir vor wie in einem Traum, und eigentlich möchte ich aufwachen. „Das mit der Zeit", sage ich, „möchte ich lieber nicht wissen."
„Zu spät!" sagt Papa. „Denn du weißt es bereits. Doch verstehst du es nicht. Ich möchte dir, was du weißt, gern erklären."

EIN VERSCHWUNDENES MANUSKRIPT

Ich habe schließlich keine von Papas teuren Einladungen angenommen. „Geh noch einmal auf den Gaußplatz mit mir", bitte ich. „Nur wir zwei! Ich möchte mich von Attis Wohnung verabschieden." „Von Atti persönlich, meinst du?" „Ja, vielleicht. Und bestimmt ist noch genug da zum Essen."
Papa bestellt ein Taxi, und wir fahren hin. Die Trompeterin scheint Papa die nachgefertigten Schlüssel überlassen zu haben, denn er sperrt auf. „Mit den Katzen hat sie geschwindelt", sagt er. „Nicht, weil sie geschrien haben. Sie hatte von Anfang an Schlüssel. Kein Wunder, daß du Attis Dissertation nicht gefunden hast." „Du meinst, sie hat sie gestohlen?" „Ja", sagt Papa. „Atti war nicht nur mein Schüler. Sondern ein kleines Genie, wahrscheinlich sogar ein großes, das seinen alten Lehrer weit hinter sich zurückließ. Nun ja, nicht allzu weit." Papa lächelt. „Mit etwas Phantasie kann ich ihm noch immer folgen."

„Was hat Phantasie mit Mathematik zu tun, oder mit Physik? Und ißt du Erbsensuppe, Papa?"
„Alle Wissenschaften sind Produkte der Phantasie, genau wie die Künste. Und ja, ich esse Erbsensuppe, wenn auch nicht gern."
Papa, denke ich, sagt oft so komische Sachen. Meint er sie ernst? Während ich meine Suppe löffle, verdächtige ich ihn, sich über mich lustig zu machen. Aber beim letzten Bissen steigt noch ein ganz anderer Verdacht in mir auf. „Am Ende war es gar nicht Schapira!" „Der Atti umgebracht hat?" „Ja. Wenn die Trompeterin hinter dem Manuskript her war, könnte sich doch auch ..." Mir wird auf einmal ganz schlecht. „Gehen wir lieber, Papa. Im Haus ist vielleicht eine Mörderin, und bestimmt hat sie ein zweites Paar Schlüssel."
„Aber nein", beruhigt Papa mich. „In diesem Leben bis du ganz sicher vor ihr." „In diesem? Ich hab nur das eine!" „Da täuschst du dich, kleine Flo. Du hast so viele, daß du sie gar nicht zählen kannst. In einem von ihnen ist Schapira der Mörder, in einem anderen die Trompeterin, und in wieder einem anderen wurde niemand ermordet."
Schon wieder der Knoten im Magen! Ein eiskalter Knoten, und etwas Unbekanntes schnürt ihn fest und immer fester zu. Auf keinen Fall möchte ich dieses Gespräch fortsetzen! „Hör auf, mir Märchen zu erzählen, Papa. Ich bin kein Kind mehr. Und deine Märchen sind schrecklich."
„Das sind alle Märchen", sagt er. „Zum Fürchten! Weil sie nämlich wahr sind. Denn es gibt einerseits viele Welten und andererseits eine einzige, in der alle miteinander Reigen tanzen, ohne sich zu berühren. Nur in den Märchen berühren sie sich, aber die Märchen ereignen sich nicht im Raum und nicht in der Zeit."
„Komm, Papa. Gehen wir!" Ich gerate in immer panischere

Ängste. „Warum nicht? Es ist ein so schöner Frühlingsabend. Wir können durch den Augarten gehen und uns auf irgendeine Bank setzen. Es ist, glaube ich, Vollmond."

NACHT UND WIND

Vollmond. Noch immer? Oder schon wieder. Papa hört mich denken. „Beides", sagt er. „Der Mond tanzt. Alles andere auch. Die Rhythmen dieses Tanzes nennen wir Leben. Verstehst du?" „Nein", sage ich.
Im Mondlicht ist der Augarten ein silbernes Labyrinth. „Nicht nur der Augarten", sagt Papa. „Der Raum, die Zeit. Wir sind Verirrte im Labyrinth, kleine Flo, und suchen das Zentrum, die Rose."
„Oder den Ausgang", sage ich verzagt. „Ich suche lieber den Ausgang." „Das ist dasselbe." Papas Lächeln ist mir auf einmal unheimlich. Ein wölfisches Lächeln. „Das Zentrum ist Ausgang und Eingang. Die schwarze Rose."
Meint er ein schwarzes Loch, wie der ‚Grüne Anker' womöglich eins war? Eine Drehtür zwischen den Welten? Aber ich frage nicht. Ich habe Angst vor Papas Antworten. Sogar sein Schweigen verstört mich. Schnell schaue ich ihm in die Augen. Bernstein, beide, noch immer. Gott sei Dank! „Das ist kein Beweis", sagt er. „Ich habe dieselben Augen. Aber vielleicht bin ich ein Trug, ein Phantasma?"
Ich wollte nicht schreien, wollte es wirklich nicht. Mein Mund schrie ganz von allein. Papa legt seine Hand auf den Schrei, und er verstummt. Aber ist es auch seine Hand? Sie kommt mir kleiner vor, weißer. Papa lacht. „Du bist leicht zu erschrecken", sagt er.

Vielleicht nicht nur bei Vollmond. Kann schon sein, meine Wurzeln stecken nicht tief genug in der Erde, oder ich habe überhaupt keine, und jeder Wind weht mich davon. „Zum Geburtstag schenke ich dir die ‚Fiktionen' von Borges", sagt Papa. „Damit du dich an das Ungewöhnliche gewöhnst."

Ich will mich daran nicht gewöhnen. Es war schon schlimm genug, als Attis Geist mit dieser Blechstimme ... „Im Garten der Pfade, die sich verzweigen, sind wir einander begegnet." Papas Stimme klingt wie immer, lieb und ein bißchen zerkratzt. Gespenstisch sind nur die Worte. „In unendlichen Zeitreihen, einem wachsenden, schwindelerregenden Netz auseinander- und zueinanderstrebenden und parallelen Zeiten." „Aufhören!" Und ich halte mir beide Ohren zu. „Bitte hör auf!"

Jetzt halte ich mir auch die Augen zu, denn ich sehe die Zeit plötzlich als Spinnennetz und mich selbst in ihm gefangen wie eine Fliege. „Gestern, heute, morgen. Das ist die Zeit, und sonst nichts." Was dieser Borges sich einbildet oder Papa oder Atti, ist einfach verrückt. Verrückt und gefährlich. Das wäre ja noch schöner, wenn kein Verlaß mehr ist auf den Kalender, und wenn alle Uhren durcheinandergehen ...

„Gestern und morgen gibt es in unserem Kopf", sagt Papa, „und sonst nirgends. Hast du geglaubt, die Zeit wäre wie eine Wäscheleine in den Raum gespannt? Und du kannst die Ereignisse nacheinander zum Trocknen aufhängen?"

„Ja", sage ich. „Und das glaube ich noch immer."

Dieser Augarten mit seinen komischen Alleen! Sie verzweigen sich auch fortwährend, mir wird ganz schwindelig davon. „Und das ist dir nicht langweilig, nicht einmal ein bißchen?" Also darüber hab ich noch nie nachgedacht. „Nein", sage ich. Und, um endlich das Thema zu wechseln:

„Weißt du, wie Harper starb? Ich meine den Maler." „Das weiß niemand", sagt Papa. „Seinerzeit wurde viel darüber geredet. Im Gegensatz zu mir ist er wirklich in der Alten Donau ertrunken, beim Baden, sie waren zu dritt. Dieser Rechtsanwalt ..." „Schapira?" „Ja, er hat noch versucht, ihn aus dem Wasser zu ziehen." „Aber geh, untergetaucht hat er ihn!" Papa nickt. „Nur beweisen konnte man damals nichts. Und heute ..." Papa zuckt die Achseln. „Es spielt keine Rolle mehr. Außerdem hat er dich besucht."

Das kommt davon! Hätte ich Papa bloß meine Aufzeichnungen nicht aufs Bett gelegt. Bestimmt wird er mir gleich erklären, daß ganz Wien ein schwarzes Loch ist, das sich womöglich auch noch verzweigt, warum eigentlich nicht? Viel bizarrer kann es ohnedies nicht mehr werden.

„Ein Harper, der schon lang Witwer ist, hat dich besucht", fährt Papa unerbittlich fort. „Einen anderen, der soeben seine Frau verloren hat, besuchtest du selbst. Und wieder ein anderer ist vor einem Vierteljahrhundert ertrunken. Ein Harper in drei Welten aus Zeit, und es gibt deren viele. Was hältst du davon?"

„Nichts", erkläre ich aufgebracht. „Mir genügt diese eine. Und ich möchte im gleichen Bett aufwachen, in derselben Welt, in der ich schlafenging!" „Das", sagt Papa, „wird dir nicht immer gelingen. Und war es nicht hübsch, mit einem ganz und gar nicht ermordeten Atti Kaffee zu trinken oder ins Kino zu gehen?" „Nein, gar nicht", lüge ich. „Denn er hat mich nicht erkannt. Einmal hat er mich für die Friedhofsängerin beim Begräbnis seiner Mutter gehalten, die andererseits wiederum seine Tante war."

Ich spüre, wie mir die Tränen in die Augen steigen, in diesen vielen Welten fühle ich mich total verlassen. Gleich werde ich den Mond anheulen wie ein Hund. Und dann, zu meiner eigenen Überraschung, lache ich. Lache und lache und kann nicht mehr aufhören.

„Ist ja schon gut, kleine Flo.“ Papa klopft mir, als hätte ich mich verschluckt, auf den Rücken. Und dann lacht er auch, das ist wahrscheinlich meine Rettung. Denn irgendwann hören wir schließlich mit dem Lachen auf, und ich kuschle mich wie damals, als ich noch ein Kind war, in seine Arme.

„Bist du in allen Welten, in allen Zeiten bei mir?“ Papa küßt mich sehr nett auf die Stirn. „In der Mehrzahl dieser Zeiten existieren wir nicht“, sagt er. „In einigen existierst du, ich jedoch nicht; in wieder anderen wir beide. In dieser Zeit nun, die mir ein günstiger Zufall beschert hat, bist du in mein Haus gekommen. In einer anderen hast du mich, als du durch den Garten gingst, tot angetroffen; in wieder einer anderen ...“ „Genug! Das kenne ich alles von Atti. Ich meine, von seinem Geist. Und wieso zitiert ein Geist überhaupt einen wildfremden Dichter?“

„Atti hat ihn geliebt“, sagt Papa. „Wie ich. Nur dir ist er noch fremd.“ „Diese Seite 107 von Attis Dissertation“, sage ich nach einer Weile, in der wir beide nur dem Rauschen der Kastanienblätter zugehört haben, „ist sie verrückt oder nicht?“ „Meinst du die göttliche Zeitexplosion? Nein, die ist ganz vernünftig. Ein Jammer, daß alle Seiten vorher fehlen, und vielleicht einige nachher auch. Du wirst sehr nachsichtig mit mir sein müssen, Flo.“ „Weil du so ausgefallene Ideen hast?“ „Aber nein“, und erstaunt zieht Papa seine fuchsroten Augenbrauen hoch. „In fünfzig Jahren, wahrscheinlich früher, lernen die Kinder es in der Schule. Ich rede von der Trompeterin. Denn ich werde eine Liebschaft mir ihr haben müssen. Und auch wollen, denn sie gefällt mir sehr.“

„Schön für dich!“ Und mit einem Ruck löse ich mich aus seinen Armen. „In dieser Zeit oder Welt oder was immer

bin ich schließlich nur deine Tochter.“ Mit dem Zeigefinger hebt Papa mein Kinn ein bißchen in die Höhe und schaut mir, und dabei lächelt er, in die Augen. „Die Zeit verzweigt sich beständig zahllosen Zukünften entgegen. In einer von ihnen bin ich ...“ „Schluß damit! Ich will es nicht wissen.“ Und mein Kinn kann ich auch allein hochhalten. „Bin ich ihr Feind“, sagt Papa. „So steht es bei Borges.“
Den habe ich nun allmählich satt. „Kein Mensch wird diesen Kriminalfall verstehen“, sage ich. „Du meinst, kein Leser?“ „Das auch. Von Literatur möchte ich jetzt nichts mehr wissen. Bist du ein Wissenschaftler oder nicht?“ „Der alte Fehler!“ „Was für ein Fehler?“ „Kunst und Wissenschaft voneinander zu trennen“, sagt Papa.
O nein, auf derartige Diskussionen lasse ich mich nicht ein. „Ich möchte“, sage ich, „daß du mir alles, was du weißt, und Atti auch, einfach erklärst. Und zwar wirklich einfach! So, daß es jeder, oder fast jeder, versteht. Aber nicht hier, nicht im Augarten. Es wird ja schon Nacht, und vielleicht hat man uns längst eingesperrt.“
„Also gut“, und Papa steht auf. „Gehen wir!“ Die Kastanienblätter rauschen nicht mehr. Sie schreien, wie ich vorhin, im Wind. Im schwarzen Wind, der die Bäume wiegt wie im Tanz. Wir haben Glück, wenn wir vor dem Regen nach Hause kommen.
„Die Indianer“, sagt Papa, während ich mich bemühe, seinen großen Schritten zu folgen. „Eigentlich die Azteken. Ihre oberste, die Urgottheit, war die Zeit. Und die Nicht-Zeit. Erstaunlich modern, nicht?“ Was soll ich schon darauf sagen? Ich komme mir total altmodisch vor. „Nacht und Wind“, sagt Papa. „Ihrem Urgott gaben sie den Namen Nacht und Wind, und er war ein Geheimnis. Unergründlich bis zum Tod.“ „Und danach?“ „Hallo“, sagt Papa. „Du fängst an, zu verstehen.“

DIE SCHWARZE ROSE

Rawuzl und Fuxi schlafen einträchtig im Papierkorb. Ich setze mich in den blauen Fauteuil und spüre die Vergangenheit ringsum wie ein Meer, in dem ich langsam ertrinke. Menschen, Dinge, Gefühle, alle Ereignisse meines Lebens schlagen an mir hoch wie Wellen. Was ist das für eine seltsame Flut, die mir bis ans Herz steigt?

Ich werde die Nikolaigasse vermissen. Sogar mich selbst werde ich eines Tages vermissen, wenn der Spiegel mir eine fremde alte Frau zeigt. Papa hat sich hinter seinem Schreibtisch verschanzt und raucht, was er nur bei besonderen Anlässen tut, eine Zigarre. „Also erklär mir", sage ich, „was ich weiß!"

„Die Welt hat Doppelgänger", sagt Papa. „Unendlich viele sogar, wie es scheint." „Ich auch? Habe ich auch Doppelgänger?" „Jede Menge!" Und Papa lacht. „Stört es dich?" „Irritierend wäre es schon. Aber stimmt es?" Papa zuckt die Achseln. „Eindeutig, wenn du den Physikern und Mathematikern glaubst. Obwohl sogar Mathematik, die man für die Königin aller Wissenschaften hält, zweideutig ist." „Ich glaube dir", sage ich nach einer Pause.

„Mir? Aber ich bin auch zweideutig. Vieldeutig sogar, doch das sind wir alle. Hör zu, kleine Flo! Wir leben in einer Weltwolke. Oder vielmehr, in einer Wolke von Welten, und alle befinden sich praktisch in diesem Zimmer. Nein, nimm es nicht zu wörtlich. Im gleichen Raum, das schon. Sie berühren sich nicht, obwohl sie einander durchdringen wie Gespenster. Wie Gespenster in der Nacht, verstehst du? Die Materie, die wir kennen, leistet Gespenstern keinerlei Widerstand. Sie gehen einfach hindurch, als wäre sie Luft. Und das ist sie für sie auch. Es war der geniale Paracelsus, der eine Art Relativitätstheorie der Elemente geschrieben hat. Aber du hast ihn wohl nicht gelesen?“

„Nein“, sage ich. Auch ohne Paracelsus spüre ich eine große Unordnung in meinem Kopf. So, als würden alle meine vertrauten Ansichten wie Möbel verrückt, ziellos verrückt, und jetzt weiß ich nicht mehr, wo ist mein Tisch und mein Bett?

„Dinge verschwinden und tauchen wieder auf“, sagt Papa. „Personen auch. Parallele Universen, so nennt es die Physik. Und parallele Wesen, lebendig wie tot. Wir scheinen uns fortwährend zu spalten, die natürliche Schizophrenie. Eine Zellteilung der Wirklichkeit, kannst du mir folgen?“

„Ich weiß nicht. Manchmal suche ich etwas, und es ist nicht da. Und schon im nächsten Moment liegt es direkt vor meinen Augen. War es, vorübergehend, in einer anderen Welt?“ „Vermutlich“, sagt Papa. „Die Welten überlappen sich, und manchmal rutschen sie eine Sekunde lang auseinander. Dann passieren so komische Sachen.“ „Daß Harpers Gespenst mich besucht?“ frage ich. „Oder daß ich dem toten Atti lebendig begegne?“ „Ja“, sagt Papa.

„Aber das“, sage ich, „wird niemand mir glauben.“ „Du denkst schon wieder an deine Leser?“ Papa bläst voller Vergnügen blaue Kringel in die Luft. „Sie werden mich für verrückt halten“, sage ich.

„Natürlich, das bist du auch. Fortgerückt von den meisten Vorstellungen, die man noch immer von dieser Welt hat.“

„Sind sie denn falsch?“ „Vergiß es“, sagt Papa. „Denk nicht mehr in Begriffen wie Richtig und Falsch. Über die Wirklichkeit verraten sie nichts.“ „Und was“, frage ich, „verrät etwas über sie? Denn ich bin deine Tochter und habe deine Neugier geerbt.“

„Es ist wahrscheinlich diese Neugier“, sagt Papa, „die immer wieder andere Wirklichkeiten erschafft.“ Ich mache die Augen zu und atme Papas vertrauten Geruch nach Rauch und Sandelholz ein. „Wenn ich nicht neugierig bin, bleibt die Welt, wie sie ist?“ „Nein“, sagt Papa. „Nur deine Ansicht von ihr.“

„Und die Zeit?“ frage ich. „Die unendlichen Zeiten, in die Gott explodiert ...“ „Und zur Göttin wird“, unterbricht mich Papa. „Schwarz wie der Tod. Weiß wie das Leben. Die Doppelnatur der Rose.“

In diesem Augenblick läutet es an der Tür. So spät noch, wer kann das sein? Ein Blick durch das Guckloch zeigt mir einen blonden jungen Mann. Sein Gesicht ist sanft, mit grauen, schüchternen Augen hinter der Goldrandbrille. Wieso kann ich mich plötzlich nicht mehr bewegen? Nicht einmal schreien kann ich!

„Mach nicht auf“, sagt Papa leise. „Sonst gerätst du womöglich in eine andere Welt, eine andere Zeit, und bleibst in dieser verschwunden. Denn sie ist eine Zauberin, und sie ist eine Mörderin. Eine schöne Mörderin, die Zeit ...“

Inhaltsverzeichnis